Rose ohne Dornen

Kanwal Khan

Rose ohne Dornen

Eine Liebesgesichte mit Spezialeffekten

Bibliografische Information der Deutschen Nationalbibliothek
Die Deutsche Nationalbibliothek verzeichnet diese Publikation
in der Deutschen Nationalbibliografie; detaillierte bibliografische
Daten sind im Internet über http://dnb.d-nb.de abrufbar.

Grafik: phichet chaiyabin/ Robert Kneschke/ DmitriyMarkov/
dısk/ LukeProject/ Shutterstock.com

Satz, Umschlaggestaltung und Verlag: BoD · Books on Demand
GmbH, Überseering 33, 22297 Hamburg, bod@bod.de
Druck: Libri Plureos GmbH, Friedensallee 273, 22763 Hamburg

ISBN: 978-3-7578-4087-7

Prolog

2010

Mehl, Butter, Zucker, Eier ...

Diesen Kuchen hat Heera schon seit Jahren nicht mehr gebacken, aber jetzt, wo sie einmal angefangen hat, erinnert sie sich wieder an die Zutaten und an die Mengen.

Alles zusammen zu einem Rührteig mischen, in eine eingefettete Kuchenform geben und bei einhundertfünfzig Grad für fünfundsechzig Minuten backen.

Mit einem großen Glas Wasser setzt sie sich hin. Ihr Zustand erlaubt ihr nicht, so lange zu stehen. Ein ziehender Schmerz im Rücken, die Füße sind angeschwollen und sie fühlt sich sehr aufgebläht. Ihre Hand streichelt über den gewölbten Bauch und Heera weiß, dass es nicht mehr lange dauern wird.

Die Freude ist groß, aber gleichzeitig hat sie auch Angst.

Es ist lange her, schon über neun Jahre, dennoch hat Heera davon nichts vergessen: die Schmerzen, die Geburt und dann alles danach.

Es wird gesagt, dass ein Kind zu gebären leichter ist, als es zu erziehen. Doch für Heera trifft das bisher nicht zu. Sona war nie ein schwieriges Kind. Es gab zwar Tage, an denen Heera dachte, als Mutter zu versagen, aber schon bald bekam sie die Bestätigung, alles richtig gemacht zu haben. Dafür hatte sie sehr lange und hart gearbeitet, viele Ratgeber gelesen, mit erfahrenen Müttern gesprochen und auch ihre Instinkte eingesetzt.

Sona ist ein liebenswertes und kluges Mädchen.

Es ist ein lauwarmer Vormittag, obwohl es Oktober ist.

Heera hat es sich gerade auf der Terrasse gemütlich gemacht, als Sona die Treppe heruntergerannt kommt.

»Hier riecht es ja lecker. Machst du Kuchen?«

»Einen Schokoladenkuchen, aber es dauert noch ein paar Minuten.«

Sona rennt zum Esstisch, wo eine Schale mit Obst steht, nimmt einen Apfel und rennt wieder zurück.

Andere Frauen redeten ihr ein, dass Sona nicht genug esse, aber mittlerweile weiß sie, dass, wenn Sona Hunger hat, sie alles und so viel isst, wie sie braucht.

Sona streichelt den Bauch ihrer Mutter.

»Bald habe ich ein Brüderchen oder Schwesterchen!« Das verkündete sie fast jeden Tag.

Bei Sonas Geburt wollte Heera unbedingt wissen, was es wird. Sie hat sich ein Mädchen gewünscht.

Diesmal lässt sie sich hingegen gern überraschen. Aber innerlich weiß sie, was sie bekommt.

Bei diesen Gedanken muss sie lächeln.

2006

Mac macht die Augen auf und bemerkt, dass es noch dunkel ist, dennoch setzt sie sich hin. In letzter Zeit hat sie ein leeres Gefühl in sich. Sie schaut zu Alistair, der neben ihr tiefenentspannt schläft.

Oh, man sieht er jung aus. Noch jünger, als er ohnehin schon ist.

Gedankenverloren geht sie durch sein dunkelblondes Haar, dabei lächelt er im Schlaf und sie küsst ihn.

Auch er kann die Leere nicht füllen, aber der Sex mit ihm ist berauschend.

»Ich hätte noch eine halbe Stunde Zeit für Runde drei«, flüstert sie in sein Ohr.

»Das ist wirklich romantisch«, grummelt er und dreht sich auf die andere Seite um.

»Seit wann bist du romantisch?«

»Seit du gesagt hast, dass du mehr willst als geheime Sex-Treffen.«

Wieder setzt sie sich hin und dreht ihm den Rücken zu.

»Alistair, ich wollte dir sagen, woran du bist. Ich möchte heiraten und Kinder haben. Ich möchte ein Haus haben ... ein Heim.«

Schweigend dreht er sich wieder zu ihr um.

»Ich kann verstehen, wenn du das als Dreiundzwanzigjähriger nicht haben willst oder zumindest noch nicht haben willst. Aber ich bin schon fast dreißig und ...«

Sie beendet ihren Satz nicht und will gerade aufstehen, als er ihren Oberarm packt und sie zu sich zieht.

»Also für die dritte Runde hätte ich auch noch Zeit.«

»Du hast noch zwanzig Minuten«, schmunzelt sie.

»Ich schaff's in zehn.«

Gehetzt kommt sie zu der Besprechung, die schon angefangen hat.

»Schön, dass *Sie* uns beehren, Agent Mac«, sagt Roy sarkastisch.

»Die Ehre ist ganz auf meiner Seite.«

Mac hat als Agentin gelernt, sich nie zu entschuldigen. Bei den männlichen Kollegen kommt es als Schwäche an.

Vor den Kopf gestoßen, räuspert sich Roy:

»Nun gut. Ich fahre fort. Du kannst den Bericht nachher bei mir abholen.«

Mit einem Kopfnicken setzt sie sich neben ihren langjährigen Kollegen Kay.

»Die Sicherheitskameras sind hier, hier und hier. Auf dem Stockwerk ...«

»Guten Morgen, Mac, du siehst müde aus«, begrüßt Kay sie.

»Bin ich auch.«

Müde von diesem Leben, würde sie ihm am liebsten sagen. *Müde von diesen Missionen.*

Auch wenn Kay und sie ein gutes Team sind, kennen sie sich nur auf der beruflichen Ebene.

Sie zieht ihren schwarzen Blazer aus und hängt ihn an die Stuhllehne.

»Du siehst aus wie aus dem Ei gepellt«, bemerkt sie.

Er hat einen blaugrauen Anzug mit weißem Hemd an, was seine blauen Augen noch mehr betont.

»Ich dachte, für diese besondere Besprechung sollte ich mich mal herausputzen.«

Mac versteht seinen Sarkasmus, denn sie kennen solche Missionen zu gut. Routineaufgaben. Daher sitzen auch nur noch zwei Agenten da. Einer ist für das Protokoll zuständig und der andere gibt ihnen nachher die Ausrüstung.

»*Operation Wildfang* fängt Punkt vierhundert an. Noch Fragen?«

Keiner rührt sich. Alle wollen nicht noch einmal den umfangreichen Bericht von Agent Roy hören, den er vor jeder Mission wiederholt.

»Na, dann viel Glück und kommt wieder heim«, beendet Roy und geht auf Mac zu.

»Das ist schon das dritte Mal, dass du zu spät

zu deiner eigenen Missionsbesprechung kommst.«

»Solche Aufgaben können wir mit verbundenen Augen erledigen und wir kennen deinen Monolog auswendig«, spricht sie teilnahmslos und kritzelt in ihrem Block.

»Du weißt ganz genau, dass immer etwas Unerwartetes passieren kann.« Roys Stimme ist bestimmt, aber leise. »Mir liegt sehr viel an eurer Sicherheit.«

»Ist gut, ich hab es verstanden.«

Sie guckt ihn böse an und er gibt ihr ohne ein weiteres Wort ein Blatt Papier, auf dem alles stichpunktartig aufgelistet ist.

»Was ist mit dir?«, fragt Kay, als sie alleine sind.

»Nix!« Sie geht mit beiden Händen durch ihre kurzen schwarzen Haare. »Er tut ja so, als ob wir gegen eine Armee antreten. Wir beschaffen nur ein paar Unterlagen aus einem klitzekleinen Büro.« Dabei macht sie mit Daumen und Zeigefinger ein Zeichen.

Ruhig sieht er ihr ins Gesicht.

»Was ist?«, fragt sie genervt und steht auf.

»Ich frage mich, was du mir nicht sagen willst und ob du erwartest, dass ich selbst darauf kommen soll.«

»Es ist nichts! Komm, lass uns frühstücken.«

Sie nimmt ihren Blazer und marschiert in die Mensa.

Mac und Kay holen ihr Frühstück und setzen sich an einen Tisch.

»**Weißt du noch** ...«

Beide fangen mit dem Satz an, hören auf und lächeln sich an.

»**Fang du zuerst an**«, sprechen sie wieder gleichzeitig, als schließlich Mac übernimmt:

»Weißt du noch, wie wir rekrutiert wurden? Es ist lange her.«

»Findest du? Ich erinnere mich noch so gut daran, als ob es gestern gewesen wäre.«

»Meinst du das ernst? Du kannst doch damals höchstens sechs gewesen sein!«

»Ich war fünf Jahre alt, wie die meisten unserer Kollegen hier, und sehr neugierig auf die International Agency (IA).« Er nimmt einen Schluck Kaffee.

»Ich war fast schon sieben und ich kann mich an die Angst erinnern, die ich hatte.«

Kay setzt seine Kaffeetasse ab und sieht sie überrascht an.

Sie lächelt bitter. »Ja, ich habe auch mal Ängste.«

Bevor die Mission losgeht, möchte sie etwas im Magen haben, aber heute ist einer dieser Tage, an denen der Gedanke, dass sich was verändern muss, ihr den Appetit nimmt, also schiebt sie die Müslischale von sich und redet weiter:

»Meine Eltern kamen bei einem Brand ums

Leben und die Agency war nicht das Zuhause, das ich kannte.«

»Wie war es?«, fragt Kay neugierig. »Eine Familie zu haben.«

»Genauso wie in den Filmen und Büchern: eine liebevolle, fürsorgliche Mutter, der hart arbeitende Vater, ein warmes, geborgenes Heim und meine kleine Schwester und ich gut behütet.«

»Was du gerade beschreibst, klingt wie etwas, was erfüllend sein muss. Das wünsche ich mir auch«, murmelt er nachdenklich.

»So was höre ich zum ersten Mal von dir«, bemerkt sie verwundert.

»Genau wie ich.«

»Seit Längerem habe ich so ein leeres Gefühl in mir. Ich will mehr.«

Diesen Gedanken hat er ebenfalls schon öfter gehabt, aber was wäre die Alternative? Er kann sich nicht vorstellen, ohne die Arbeit zu sein, ohne die Agency. Das ist das Einzige, was er kennt.

»Wie lange denkst du schon darüber nach?«

»Schon 'ne ganze Weile ...«, sie beugt sich etwas vor und spricht leise: »Denkst du nicht auch, es sollte mehr geben als nur die Arbeit bei der Agency?«

Kurz verweilt er in seinen Gedanken. Im Gegensatz zu Mac hat er nie eine Familie kennengelernt. Bereits als Baby kam er ins Waisenheim.

Mac versteht Kays Schweigen offenbar als Missbilligung, denn sie fährt schnell fort:

»Kay, versteh mich nicht falsch, ich mag meine Arbeit. Wir haben schon so viele Leben gerettet, etliche terroristische Anschläge verhindert. Auch wenn keiner sonst davon weiß, weiß ich, dass die Arbeit bei der Agency sehr wichtig ist. Dennoch möchte ich eine Familie.«

»Willst du die Agency verlassen?«

Mac hat einen bitteren Geschmack im Mund.

»Es gibt doch auch Agenten, die eine Familie haben und noch bei der Agency sind«, fügt Kay schnell hinzu.

»Hey ihr zwei!«

Das plötzliche Erscheinen von Roy löst Mac von ihren Gedanken ab.

»Bitte holt eure Ausrüstung für die Mission.« Er geht die Liste durch und hakt etwas ab, bevor er weiterspricht: »Es ist kalt in L. A., also zieht euch warm an.«

Kay lächelt zu Mac und sagt: »Genau wie deine Mutter.«

Das bewirkt, dass Mac sich entspannt und ruhig spricht: »Der Flug ist echt lang bis dahin, ich hoffe, es lohnt sich.«

»Ihr könnt im Flieger schlafen.« Roy schaut immer noch auf das Blatt Papier und rattert seinen Standardmonolog herunter. »Ihr seid auf euch allein gestellt, daher geht kein unnötiges

Risiko ein.« Er streicht etwas weg und sieht die beiden immer noch nicht an. »Eure Mission besteht darin, relevante Daten zu beschaffen und nicht mehr.«

Kay steht auf und überragt Roy um einen ganzen Kopf.

»Wir schaffen das schon.« Er legt seine Hand auf seine Schulter. »Mach dir nicht so viele Sorgen, Roy.«

Roy blickt ihm ins Gesicht und lächelt erleichtert.

Operation Wildfang

Es ist eine kühle Nacht in Los Angeles und in drei Tagen ist das Jahr 2006 zu Ende.

Mac und Kay lassen sich von einem Hochhaus aus dem dreißigsten Stock von außen abseilen. Sie landen im zweiundzwanzigsten Stockwerk. Hier liegt das Büro von einem Bankier. Das Fenster ist nicht verschlossen, daher kommen die beiden leicht rein und gehen an ihre Mission.

»Du hast mich überrascht«, sagt Kay, als er im Schreibtisch nach Beweisen für die Mitverschwörung zu einem Attentat sucht. »Als du sagtest, dass du dir eine Familie wünschst.«

Mac durchforstet den großen Schrank, der direkt neben der Tür steht, und schweigt.

Im Flur vor dem Büro hören sie Schritte näher kommen.

Mac und Kay sehen sich für einen Augenblick an und das genügt, damit beide wissen, was zu tun ist.

Er springt mit dem Rücken voran aus dem geöffneten Fenster. Beim Springen schießt er fast geräuschlos den Haken in die Außenwand. Das Seil befestigt er an seinem Hüftgürtel. In dem Moment springt Mac kopfüber in seine Arme.

Jemand betritt den Raum, macht das Licht an und das Fenster zu.

Mac und Kay, die vor einem Fenster im einundzwanzigsten Stock hängen, können gedämpft hören, wie die Person im Büro einen Tresor öffnet, Papierrascheln folgt und der Tresor wieder geschlossen wird.

»Ich habe dich deswegen überrascht, weil du mich nie als einen Menschen mit Bedürfnissen angesehen hast, sondern nur als eine Agentin.«

Mac nimmt die Unterhaltung nahtlos wieder auf, als das Licht über ihnen ausgeschaltet wird und die Person geht.

Mac öffnet das Fenster und sie klettern wieder hinauf. Dann machen sie dort weiter, wo sie aufgehört haben.

Mac knackt geschickt den Tresor und Kay fotografiert alles, was in einer Akte ist.

Sie haben wenig Zeit, daher überfliegen sie die

Dokumente, bis Mac aus dem Tresor einige zu-
sammengerollte DIN-A3-Blätter herausholt.

»Es sieht wie ein Plan aus«, murmelt sie.

Sie verlassen den Raum, so lautlos und un-
erkannt, wie sie ihn betreten haben.

2007

In der IA herrscht eine bedrückende Atmosphäre, das spüren alle.

Bei der Besprechung bemerkt Kay, dass Roy angespannt auf seinem Laptop tippt. Er sitzt ganz allein an einem großen Schreibtisch und geht mit der Hand durch sein schütteres Haar, dabei wirkt er älter, als er ist.

»Seit dem Einbruch in dem Büro sind fast zwei Monate vergangen. Das ganze Material, das uns Team T mitgebracht hat, wurde inzwischen gründlich analysiert und bearbeitet«, fängt Roy mit seinem Bericht an.

Der große Besprechungsraum ist randvoll.

»Zur Erinnerung: Das Büro gehört einem Bankier namens Erik von Lichtenstein. Wir haben ihn wochenlang beschatten lassen, bis er sich in sein Haus auf Hawaii zurückgezogen hat.« Roy macht eine Pause und zeigt auf das Display, das fast die ganze Wand einnimmt. Er steckt sich ein Stück Schokolade in den Mund, bevor er weiterredet. »Auf sein Konto wurden letztes Jahr einhundertsiebzig Millionen Dollar eingezahlt, von wem, das wissen wir nicht. Noch nicht. Natürlich ist das alles legal, wäre da nicht die Tatsache, dass er Verbindung zu Neonazis hat.«

Ein leises Murmeln geht durch die Menge:

Das alles wissen wir doch schon ... Es ist was Großes geplant ... Was gibt es Neues?

»Die Rolle mit den Blättern, die ihr fotografiert habt ...«, er schaut zu Mac und Kay, »ist ein Plan von einem Flughafen. Um genau zu sein, vom Frankfurter Flughafen in Deutschland.«

Für kurze Zeit wird es sehr still in dem Raum.

Mac ist die Erste, die wieder spricht: »Also ist ein Attentat in Deutschland geplant?!«

»Wir sind uns nicht sicher.« Streng sieht er sie an. »Aus den Unterlagen von Lichtenstein geht hervor ...«, er kaut und redet, »dass eine Übergabe am Frankfurter Flughafen stattfinden soll.«

»Für wann ist das geplant?«

Da Roys Mund voller Schokolade ist, übernimmt seine Kollegin Agent Geneviève die Weiterführung und man hört ihren französischen Akzent deutlich aus dem Deutschen heraus.

»Genaues Datum weissen wir nischt. Cependant hat Team D eine Route von 'nem Informateur gefuunden. Ein Flug von New York über Deutschland bis zur Ukraine. Und ein, Merde ... Name von 'nem Member der Nazis.«

»Das Ziel der Nazis war es immer, die Ausländer in Deutschland abzuschlachten. Jetzt, wo sie Sympathisanten in Taiwan haben, wird ihnen die Angelegenheit erleichtert«, sagt Roy und guckt wehmütig in die leere Schokoladenschachtel.

Wieder kehrt Stille ein.

»Soweit die aktuellsten Informationen.«

»Das alles wissen wir doch schon, auch, dass wir das Datum nicht wissen.« Mac wirkt leicht gereizt. »So viel Arbeit und wir kommen keinen Schritt weiter.«

»Mon Chéri, patience. Du musst geduldig sein«, besänftigt Geneviève sie. »Manchmal brau't es Zeit.«

»Und in der Zwischenzeit haben sie das Attentat vollzogen und wir üben uns in Geduld«, kontert Mac schnippisch.

»Das Datum für die nächste Besprechung teile ich euch per Mail mit, für heute ist die Sitzung beendet«, sagt Roy und gibt Mac ein Zeichen, dass sie noch bleiben soll.

»Roy, erspar mir deinen Vortrag.«

»Ich will nur wissen, was mit dir los ist.«

»Nix!«

Er schüttelt die leere Packung, als ob da noch ein Stückchen Schokolade durch Zauberhand herausfällt.

»Du wirkst so gereizt und frustriert, ich weiß nicht, wie ich mit dir umgehen soll.« Er setzt sich aufrecht hin und sieht ihr ins Gesicht. »Es gibt kein Attentat, zumindest haben wir keinen Anhaltspunkt, und du behauptest es ohne Grund. Das ist nicht professionell, ich muss dir einen Verweis geben und es wird in deiner Akte stehen.«

»Tu, was du nicht lassen kannst.«

Sie steht auf und er ruft ihr hinterher.

»Mac, du bist einer der besten Agenten hier, du kannst Großes bewirken ...«

»Mal daran gedacht, dass ich das alles nicht haben will!«, unterbricht sie ihn hastig.

»Wieso? Ich verstehe dich nicht, rede mit mir.«

»Nein!«

Roy ist von der alten Schule. Ihm zu erklären, dass Mac auch eine Frau ist und nicht nur *ein Agent* – er benutzt nicht mal die weibliche Anrede für sie – wäre sinnlos.

Hastig verlässt sie das IA-Gebäude.

Mac wirft ihre Jacke auf die Couch und bemerkt, dass noch jemand in ihrer Wohnung ist.

»Waren wir verabredet?«, fragt sie, als Alistair klatschnass aus dem Bad kommt, dann steckt sie ihre Waffe in das Halfter und legt beides auf den Tisch.

»Ich hab dich schon lange nicht mehr gesehen, und da ich gerade von einer Mission komme, dachte ich, ich schau mal bei dir vorbei.«

»Ich hab jetzt keinen Nerv für so was.«

Sie geht in ihr Schlafzimmer und holt ihm ein Handtuch.

Er reibt seine dunkelblonden Haare ab und setzt sich mit dem nassen Körper auf die Couch.

»Läuft es nicht gut mit deiner Mission?«

»Wir kommen nicht weiter.« Sie holt aus der Küche zwei Gläser Saft. »Ich komme nicht weiter.« Sie setzt sich neben ihn und gibt ihm ein Glas. »Nicht mit der Mission, nicht mit meinem Leben, nicht mit mir.«

»Warum setzt du dich so unter Druck?«, fragt er leise.

»Ich bin unglücklich, das hat nix mit Unterdrucksetzen zu tun.« Sie nimmt einen großen Schluck.

»Du hast deine Arbeit geliebt.«

»Jetzt liebe ich es nicht mehr«, sagt sie sauer.

»Hast du mal an Kay gedacht?«

»Was ist mit ihm?«

»Ohne dich ist er nur halb so gut.«

»Er wird schon zurechtkommen.« Sie legt ihre Füße auf den Couchtisch.

»Mal überlegt, mit ihm eine Beziehung einzugehen?«

»Das ist jetzt nicht dein Ernst, oder?«

»Wieso nicht? Ihr passt so gut zusammen.«

»Nur bei der Arbeit.«

»Hattest du nie Gefühle für ihn?«

»Du klingst eifersüchtig.«

Er trinkt einen Schluck, um ihr eine Antwort zu schulden.

»Kay und ich sind ein gutes Team, das ist alles.« Verschmitzt sieht sie ihn an und stellt ihr Glas auf dem Tisch ab. »Obwohl wir uns schon mal nackt gesehen haben.«

Ebenfalls stellt er sein Glas beiseite.

»Ich hab ihn mal überrascht, als er aus der Dusche kam.«

Sie erzählt ihm nicht, dass Kay sie auch mal überrascht hat, als sie duschen gehen wollte, und seitdem haben sie einen Insider-Witz zusammen.

»Wir sind Partner, seit ich denken kann. Von Kind an hat die IA erkannt, dass wir gut zusammenarbeiten können, aber ...« Sie setzt sich rittlings auf seinen Schoß. »Es kribbelt nicht, wenn er mich berührt.«

Sie legt seine Hände an ihre Hüften und er gleitet unter ihr T-Shirt. Sanft küsst sie ihn, bis ihr klar wird, dass sie das nicht mehr machen wollte. Langsam nimmt sie seine Hände aus ihrem T-Shirt und steht wieder auf.

»Du solltest jetzt gehen.«

»Mac, ich versteh das nicht.«

Mit Bedauern in den Augen flüstert sie: »Genau, das ist ja das Problem: Keiner versteht mich.«

Mac konnte die ganze Nacht kein Auge zutun. Gerädert kommt sie in dem Hauptquartier der IA in Norwegen an.

»Was ist hier los?«, fragt sie Kay.

»Roy wurde beurlaubt.«

»Der Stress war zu viel für ihn.« Sie setzt sich gegenüber von Kay an den Schreibtisch.

»Er hat sich nicht mehr an den Trainings- und Ernährungsplan gehalten, ist dem Zucker verfallen.«

»War er nicht mal im aktiven Dienst? Er hat immens zugenommen.«

Die IA ist keine gewöhnliche Organisation, sie kennt und unterstützt ihre Mitarbeiter. Sie weiß auch, wie sie mit jedem ihrer Agenten umzugehen hat. Keiner wird unterdrückt oder erniedrigt oder ausgebeutet. Es herrscht keine Machthierarchie, die korrumpiert oder ausgenutzt werden könnte.

Die Arbeit ist zu wichtig, um persönliche Vorteile daraus zu ziehen, denn es geht um das Wohl aller Menschen.

Diese Mission hatte bis dahin Roy geleitet, doch er kann ersetzt werden, wenn es für ihn zu persönlich oder stressig wird.

Deswegen übernehmen Mac und Kay die Leitung und gehen zum hundertsten Mal die gesammelten Daten von Lichtenstein durch.

Die IA legt viel Wert auf Transparenz, daher sind alle Räumlichkeiten so aufgebaut, dass jeder jedem bei der Arbeit zuschauen kann. So entstehen keine Missverständnisse.

Die Schreibtische von Mac und Kay liegen gegenüber, was Mac heute ziemlich unangenehm ist, denn Kay blickt ständig in ihre Richtung.

»Hab ich was im Gesicht?«, fragt sie gereizt.

»Ich schulde dir noch eine Antwort.«

Stumm wartet sie ab.

»Als wir im Büro von Lichtenstein waren, sagtest du, dass ich dich als Agentin sehe und nicht als Mensch.« Er macht eine Pause und blickt in ihre Augen. »Ich habe dich immer als Mensch gesehen.«

»Ach ja? Und wie heiße ich?«

»Mac«, antwortet er automatisch.

»Unser erster Trainer in Norwegen, wie alt waren wir da? So sieben oder acht Jahre?«

»Ich war sechs.«

»Ach ja, ich vergesse immer, dass du zwei Jahre jünger bist als ich«, sagt sie mild. »Wie auch immer. Der Trainer konnte meinen Namen nicht richtig aussprechen, daher hat er meinen Vor- und Nachnamen zu einem männlichen Spitznamen zusammengezogen. Den Namen, den auch du und die anderen verwenden.«

Kay nickt. »Dennoch kenne ich deinen Namen: Manal Chaudry.«

Als er ihr Gesicht sieht, leuchten seine blauen Augen. Es ist lange her, dass er sie überraschen konnte.

Als sie von fünfzig Kindern ausgewählt worden sind, um die Ausbildung als Agenten zu machen, war er schneller, klüger und stärker. Doch bald holte sie ihn ein und wurde klüger und schneller. Er ist immer noch stärker als sie.

»Damit will ich aber nicht sagen, dass ich dich kenne.« Er stemmt seine Ellbogen auf den Schreibtisch. »Im Gegenteil, ich kenne dich nicht.«

Sie macht einen Terminator-Scan: 1,84 cm groß, 76 kg, mehr Muskeln als Fett, dunkelbraune Haare und blaue Augen.

Wenn meine Kinder diese blauen Augen hätten.

Ihr gehen die Worte von Alistair durch den Kopf: *Was ist mit Kay?*

»Genau wie ich. Ich weiß, wie du kämpfst, und kenne die meisten deiner Strategien in Missionen, aber deine Wünsche oder Ziele ...«

»So ist es«, unterbricht er sie. »Ich wusste auch nicht, wie du zu deiner Arbeit stehst.«

»Es ist nicht die Arbeit«, sagt sie genervt. »Ich will nicht mehr die Welt retten, sondern meine eigene Welt erschaffen.«

Er schweigt.

»Weißt du, dass ich dieses Jahr dreißig werde?«

Nachdenklich fragt er: »Wann hast du Geburtstag?«

»Was?!«

»Wir feiern nie unsere Geburtstage und fast die ganze Welt ist davon besessen, Geburtstage zu feiern, und weil ich dich besser kennenlernen möchte, fangen wir doch damit an.«

Ganz verwirrt schaut sie zum Kalender und flüstert: »Hmm, ich bin am 04.12.77 geb ...«

Mitten im Satz stoppt sie, weil ihr etwas klar wird, und sie holt den Plan für den Flughafen heraus.

»Siehst du das?« Mit dem Finger deutet sie auf eine Ecke hin.

»Was ist das?«

»Wenn der Plan gerade liegt, dann sieht es so aus, als ob es drei große L sind: LLL.« Sie dreht den Plan um. »Aber was ist, wenn einer auf der anderen Seite stand und mit der Hand drei 7 geschrieben hat: 777?«

Immer noch sieht er sie fragend an.

»Das Attentat findet am 07.07.07 statt.«

2010

»Mama, ist der Kuchen fertig?«

»Noch nicht ganz, Sona«, sagt Heera. »Fertig gebacken ist er, aber es kommt noch eine Schokoladenglasur oben drauf und dann muss er noch abkühlen.«

»Darf ich bis dahin zu Marya gehen, um zu spielen?«, fragt Sona.

Heera nickt und weg ist die Kleine.

Sie schmilzt die Schokoladenkonfitüre und bestreicht damit den Kuchen. Anschließend stellt sie den fertigen Kuchen beiseite, als plötzlich ein stechender Schmerz in der Bauchhöhle einsetzt und sich bis zum Rücken durchzieht.

»Wow! Das war jetzt eine starke Wehe«, macht sie ihrer Überraschung laut Luft. Sie legt ihre Hand auf ihren Bauch. »Warum hast du es so eilig, auf die Welt zu kommen? Du hast doch noch ein paar Wochen. Genieße es, solange es geht.« Dabei lächelt sie verkniffen.

»Hallo! Jemand zu Hause?« Eine Frauenstimme erklingt im Flur.

»Marya, ich glaub, ich hatte eben eine sehr starke Wehe. Ist das nicht zu früh?«, fragt Heera aufgeregt. »Du weißt doch, es ist lange her bei mir. Ich hab schon vergessen, wie es war.«

»Ach, wem sagst du das! Ich weiß auch nicht mehr viel außer den Schmerzen und wie mir die Eingeweide entrissen worden sind.« Sie setzt sich an den Küchentisch.

»Motivationstrainerin solltest du nicht werden.«

Verlegen lacht Marya etwas lauter. »Nee, nee, alles wird gut, mach dir keine Sorgen. Es ist nicht ungewöhnlich, dass du schon Wehen hast. Dein Termin ist doch der zwölfte?!«

»Nein, nein, es ist der einundzwanzigste«, sagt Heera ganz verwirrt. »Moment, ich hol mal den Mutterpass.«

Sie geht ins Wohnzimmer, und als sie zurückkommt, sieht sie blass aus.

»Ups! Du hast recht, es ist der zwölfte. Wie konnte ich das nur verwechseln?«

»Komm, setz dich hin, und ich mach dir einen heißen Kakao«, beruhigt Marya sie und setzt sie an den Platz, wo sie gesessen hat. »Das kann schon mal in der Schwangerschaft passieren.«

»Was? Dass ich vergesslich werde?«, fragt Heera unruhig.

»Du hast nur einen Zahlendreher und keine Demenz.«

»Demenz?!«

Kurz gucken die Freundinnen sich gegenseitig an, dann fangen sie an, laut zu lachen.

»Ich sollte keine Motivationstrainerin werden, das ist jetzt eindeutig klar.«

Dennoch hat Marya Heera stets geholfen, wo sie nur konnte. Mit der Zeit sind sie so gute Freundinnen geworden, dass sie alles teilen und über alles reden können, sei es Küche, Bücher, Filme, Männer oder Kinder. Es gibt kein Thema, über das sie nicht sprechen.

Marya hat selbst zwei Söhne und ist seit fast neun Jahren glücklich verheiratet. Das macht sie zur Ehe-Expertin.

Heera bewundert Maryas Ruhe und Weisheit. Sie wird fast nie wütend, überlegt handelt sie und weiß, wie sie mit Heera umzugehen hat. Bei Heeras Dickköpfigkeit muss man behutsam mit ihr umgehen, wenn sie wütend ist.

»Wie viele Minuten sind vergangen?«, fragt Heera.

»Zehn Minuten.«

Seit der ersten Wehe sind drei Stunden vergangen und die Wehen werden stärker, aber kommen nicht regelmäßig. Das war bei Sonas Geburt genauso.

Sona und die Kinder von Marya veranstalteten ein Picknick, dabei ist der Schokoladenkuchen ein Highlight gewesen. Anschließend kommen die drei rein und bringen das schmutzige Geschirr mit.

»Sona, Schatz, ruf deinen Vater an und sag ihm, er soll nach Hause kommen. Das Baby möchte sein neues Zuhause kennenlernen.«

2007

»Bitte, Leute, bewahrt Ruhe«, ruft Roy in die Menge der Agenten.

Ihm wurde der Zwangsurlaub gestrichen, worüber er sehr glücklich ist.

»Soll das Attentat am 07.07.2007 stattfinden?«, fragt Vjai in den Lärm hinein.

»Ruuhee!!!«, schreit Roy. »Es gibt kein Attentat! Wir wissen jetzt, dass ein Taiwaner namens Yue Shu Ya am 7. Juli von L. A. über Deutschland bis zur Ukraine fliegt.«

»Es kann sein, dass er ein Attentat verüben wird«, sagt Mac sicher, und es kehrt Ruhe ein.

»Am Frankfurter Flughafen?«, fragt Vjai ungläubig.

»Kann doch sein«, unterstützt Kay seine Kollegin.

»Du kennst doch die Deutschen, da kommt nicht mal eine Fliege in den Flughafen rein oder raus, wenn sie das nicht wollen, geschweige denn eine Bombe.«

»Wir kennen immer noch nicht den Ort oder die Zielperson für das Attentat, aber wir können mehr in Erfahrung bringen, wenn wir wissen, mit wem sich Yue trifft.«

Roy ist gar nicht mehr zu bremsen. Er hat ein paar Pfunde verloren, aber sein Bauch ragt immer noch heraus.

Seit zehn Jahren ist Roy nicht mehr im aktiven Dienst. Durch einen Unfall im Dienst darf er sein Bein nicht mehr belasten und der Bürojob mit den vielen Papierkriegen verweichlicht seinen Körper.

»Team A ist schon seit Monaten an Erik von Lichtenstein dran und die anderen Teams teile ich jetzt auf.«

Roy liest von der Liste, an der er die ganze Nacht gesessen hat. Es ist jedes Mal schwer für ihn, diese Entscheidungen zu treffen, wen er wo einteilen soll. Er weiß nie, wer diesen Aufgaben gewachsen ist und wen er in den Tod schickt. Das ist auch ein Grund für sein Frustessen.

»Team D, ihr werdet den Flughafen von Los Angeles überwachen. Team X, ihr haltet die Stellung in der Ukraine«, verkündet Roy. »Team T, ihr werdet auf dem Frankfurter Flughafen mit Vjai und Jonas sein und habt da die Leitung.«

Genau wie die anderen wurde auch Roy bereits als Waisenkind ausgebildet. Für ihn gab es nie etwas anderes als seinen Beruf. Mit Anfang vierzig sieht er die neuen jungen Agenten als seine Kinder. Für Mac und Kay ist er wie ein großer Bruder, doch Alistair mit seinen zarten dreiundzwanzig Jahren sieht er als seinen Sohn an. Und wie es so mit Kindern ist, macht man sich oft Sorgen um sie. Roy widmet jetzt seine volle Aufmerksamkeit Kay und Mac.

»Ich muss euch nicht sagen, wie wichtig diese Mission ist. Leider wissen wir immer noch nicht, was es sein könnte, deswegen ist hier Spontanität gefragt. Am Flughafen seid ihr auf euch allein gestellt, handelt gemäß den Umständen.«

»Ich bin immer noch der Meinung, dass es eine Bombe ist«, wirft Mac gedankenverloren ein.

»Wir sind das schon tausendmal durchgegangen ...« Roy massiert seine Schläfe. »Nach dem elften September sind die Sicherheitsmaßnahmen am Flughafen so streng, da kommt keine Bombe rein.«

»Andererseits haben wir auch keine Person gefunden, die an- oder abreist, an der ein Attentat begangen werden kann«, sagt Kay ruhig.

Vor jedem Auftrag sind sie nervös. Obwohl sie sehr gut ausgebildet sind, müssen sie stets mit unerwarteten Situationen klarkommen.

»Es ist wichtig, dass ihr Yue nicht erschreckt, daher werdet ihr auch nur eure Handys benutzen. Yue ist der Schlüssel.«

Roy lächelt zu Mac und Kay. Und da keiner etwas erwidert, beendet Roy die Besprechung mit einem letzten Satz:

»Mission *Rettet die Schafe* beginnt ab sofort.«

Mac sitzt an ihrem Schreibtisch und scrollt zu schnell am Bildschirm herunter.

»Hey!«

Die Stimme sorgt dafür, dass ihr Herzschlag aussetzt.

»Was machst du da?«, fragt Alistair.

»Ich gucke mir die verschiedenen Arten von Bomben an.«

Er steht sehr nah an ihr und hat sich vorgebeugt, um den Bildschirm besser sehen zu können. Mac atmet seinen Duft ein und macht die Augen zu.

»Wieso hängst du immer noch an dieser Theorie?«, fragt er und schiebt einen Stuhl in ihre Nähe. »Roy und die anderen Agenten haben es schon längst verworfen.«

Lässig setzt er sich in den Stuhl und legt ein Bein auf das andere.

»Weibliche Intuition.«

Er lacht etwas lauter, als es beabsichtigt war, und sie wirft ihm einen bösen Blick zu.

»Nein, Mac, so meinte ich es nicht.« Er setzt sich aufrecht hin. »Du bist eine gute Agentin, und wenn du der Meinung bist, dass es eine

Bombe sein kann, dann gehe ich es mit dir durch.«

»Nur eine Agentin«, sagt sie so leise, dass er nachfragen muss, aber sie zeigt nur auf den Bildschirm.

»Hier ist eine Bombe in experimenteller Phase.«

Neugierig rückt er noch näher und greift an ihr vorbei zur Maus, dabei schluckt sie, bevor sie weiterspricht.

»Es sind zwei Flüssigkeiten, die zusammengemischt eine Explosion bewirken.«

»Da kenne ich auch zwei Menschen, die das bewirken können«, sagt er, ohne den Blick vom Bildschirm zu nehmen.

Mac sieht sich um. Da es schon spät am Abend ist, sind die meisten Agenten nach Hause gegangen und Kay sitzt bei Roy am Ende des Raumes.

»Du konntest mich schon immer zum Lachen bringen.«

»Das kann ich auch in der Zukunft.«

Er sieht in ihre dunklen Augen und sie hat das Gefühl, in den Honig seines Blickes zu zergehen.

»Du weißt, was ich will«, löst sie sich aus seinem Bann.

»Eben, das weiß ich nicht.«

»Weißt du, in meiner Kultur haben die Frauen mit dreißig schon drei Kinder.«

»In welcher Kultur?«, fragt er verwirrt.

»In der indischen!«, sagt sie genervt, als ob er es wissen müsste.

»Das ist nicht deine Kultur, du bist nicht da aufgewachsen, nur deine Eltern stammen von da«, erwidert er nüchtern und sie atmet frustriert aus.

»Genau, ich habe keine Kultur ... kein Land ... keine Religion.« Leise fügt sie noch hinzu: »Ich habe nur diese farblose Agency.«

»Mac ...«

Ermahnend hebt sie die Hand und er stoppt im Satz.

»Du kannst es nicht verstehen als Mann und dann so jung.«

»Ich werde auch älter.«

»Sooo lange kann ich nicht warten.«

Bevor er den Mund aufmacht, kommt sie ihm zuvor:

»Ich möchte mich jetzt ganz auf die Mission konzentrieren.«

Verständnisvoll nickt er und nimmt die Unterhaltung über Flüssigbomben wieder auf.

»Du vergisst, dass auch Flüssigkeiten auf dem Flughafen kontrolliert werden.«

»Das habe ich natürlich nicht vergessen, doch es kommt auf die Menge an.«

»Wie ist die Zusammensetzung?«, fragt er.

»Ich hab keine Ahnung!« Sie wirft ihre Hände in die Luft. »Ich müsste einen Experten fragen.«

Eine Weile starren sie auf den Bildschirm, bis Alistair flüstert:

»Komm, gehen wir, und ich löse eine Explosion bei dir aus.«

Ihr stockt der Atem, und bevor sie sich verschluckt, räuspert sie sich:

»Wegen dir bin ich die Richtige für diese Mission: Du bist so unberechenbar und unvorhersehbar.«

Elegant steht er auf, dabei krempelt er die Ärmel seines weißen Hemdes herunter und zieht sein hellgraues Sakko an.

»Kommst du?«

»Gute Nacht, Alistair.«

»Du weißt, wo du mich findest.«

Ihr Blick folgt ihm, bis er zur Tür hinaus ist.

»Schmachtest du ihm schon wieder hinterher?«

»Pia, Herrgott!« Mac fühlt sich ertappt. »Man, kannst du dich anschleichen wie eine Katze.«

»Danke für das Kompliment.«

Pia setzt sich auf die Schreibtischkante und bindet ihre langen blonden Haare zu einem Knoten.

»Und hast du?«

»Na gut ... hab ich«, resigniert Mac. »Er ist schon ein Leckerbissen, findest du nicht auch?«

»Für mich nicht.«

Pia wirft einen Blick über die Schulter, doch

Alistair ist schon weg. »Er ist nicht mein Typ, hellbraune Haare und Augen.«

»Ach, und was ist dein Typ?«, fragt Mac amüsiert, obwohl sie weiß, wer er ist.

Pia boxt leicht gegen ihre Schulter, darauf lacht Mac und sagt:

»Mein Typ ist er auch nicht, zu britisch ... oder ist er amerikanisch?«

»Das weiß keiner so genau. Wie auch bei mir.«

»Na egal, aber er ist so charmant und ...«

»Sooo jung!«, unterbricht Pia sie.

»Das ist auch das, was mich in letzter Zeit stört. Wenn ich mit ihm ein Kind habe, habe ich gleich zwei.«

Pia lacht.

»Was ist mit Kay?«

»Was ist mit Kay?«

Verwirrt stellt Pia die gleiche Frage und blickt wieder über ihre Schulter, wo Kay und Roy sitzen.

»Wäre er nicht ein besserer Partner?«

»Analytisch, bestimmt. Verdammt! Diese blauen Augen.«

Mac schmunzelt: »Ich meinte eher, dass wir uns sehr gut verstehen, zumindest was Missionen angeht.«

»Diese Muskeln und diese Statur. Wie groß ist er?« Pia schwärmt immer noch. »Ich dachte immer, ich stehe auf große Männer, aber hab mich dann doch in so einen kleinen Mann verliebt.«

»Vjai ist doch so groß wie Alistair, oder?«

»Kann sein. 1,77 oder 1,78.« Pia zuckt mit den Schultern.

»Dann musst du dir keine Sorgen um die *Größe* machen.«

Pia versteht nicht gleich und dann brechen die Frauen in Gelächter aus.

»Bist du in Kay verliebt?«, fragt Pia, als sie sich einigermaßen gefangen hat.

»Nein.«

»Sollte das nicht die Voraussetzung für eine Partnerschaft sein, oder ist eine Ehe für dich wie eine Mission?«

»In unserer Kultur gibt es viele arrangierte Ehen, was ich gar nicht so schlecht finde.«

»Unsere ... Kultur ... Was???« Pia ist genauso verwirrt wie zuvor Alistair.

»Meiner!«

»Meiner was?«

»Die indische Kultur!« Mac wirft die Arme in die Luft. »Ich hab mich mal da rein gelesen.«

»Ich interessiere mich sehr für die japanische Kultur. Bin ich jetzt automatisch eine Japanerin?«

»Ihr versteht es nicht.« Mac steht auf und nimmt ihre dunkelbraune Lederjacke von der Stuhllehne. »Den ich liebe, der ist nicht so weit, und mir rennt die Zeit davon.«

»Und da nimmst du den Erstbesten potenziellen Erzeuger?«

»Bei dir klingt es wirklich nach einer Mission. Du bist knallhart.«

»Bei dir muss ich es auch sein, du versteifst dich zu sehr.«

»Ich bin nicht versteift. Für alle anderen ist es selbstverständlich, nur für mich ist es *Mission Impossible*.«

»Du bist eindeutig zu lange mit Alistair zusammen.«

»Du hast ja recht.« Mac umarmt Pia. »Kay und ich sind nur Arbeitskollegen, mehr empfinde ich nicht und er auch nicht.«

Die Wochen vergehen und die Vorbereitungen sind schon fast abgeschlossen, als Roy, Kay und Mac noch die letzten Details in seinem Büro durchgehen.

»Roy, ich würde noch einer Sache nachgehen und meinen Informanten kontaktieren«, sagt Mac.

»Den Sprengstoffexperten?«

Sie nickt.

»Dafür haben wir jetzt keine Zeit.«

»Ich nehme mir die Zeit.«

»Yue wird von uns bewacht und er macht nicht den Eindruck, dass er etwas in dieser Art transportieren will.« Roy reibt seine Schläfe. »Und außerdem haben wir den ganzen Flughafen nach Sprengstoff abgesucht. NADA!«

»Habt ihr die deutschen Behörden in Kenntnis gesetzt?«, fragt Kay.

»Natürlich nicht! Es würde Panik geben und was sollen wir ihnen sagen? Dass wir ein Attentat vermuten, mit einer Bombe, die die Sensoren nicht erfassen können?« Roy klingt gereizt. »Mac, ich bewundere dein Engagement, aber du tapst im Dunkeln.«

»Gib mir zwei Tage, um das zu klären.«

Skeptisch sieht Roy zu Kay und er stimmt ihr ohne zu zögern zu:

»Ich bin ihrer Meinung.«

»Von mir aus. Ihr habt zwei Tage, aber ihr geht alleine. Ich brauch die Teams für die Vorbereitungen.«

Mac springt schon vom Stuhl. »Wir sind schneller da, als du Sprengstoff sagen kannst.«

Kay folgt ihr aus dem Büro und sie dreht sich zu ihm um.

»Du musst nicht mit, wenn du nicht willst. Ich kann ihn auch alleine befragen.«

»Wir sind Partner, wir erledigen das gemeinsam. Ich gebe dir Rückendeckung.«

Dankbar nickt sie.

»Ich gucke mal nach dem Flug«, sagt er und will sich an seinen Schreibtisch setzen, als sie zwei Tickets aus der Tasche holt.

»Du wusstest, dass Roy nachgeben würde.«

»Und dass du mitkommst.«

Sie holen ihre Taschen, die für solche Fälle im Hauptquartier liegen, und fahren zum Flughafen.

Im Flugzeug lehnt sich Kay zurück. Der Flug nach L. A. dauert elf Stunden, da kann er auch schlafen.

»Du hast mir immer Rückendeckung gegeben«, sagt Mac, obwohl Kay die Augen geschlossen hat. »Das ist mir jetzt erst bewusst geworden. Ich hab es für selbstverständlich genommen.«

»Als meine Partnerin darfst du das auch. Ich vertraue dir, du hast immer einen guten Riecher. Auch wenn ich bei dieser Sache mit der ...« Er schluckt das Wort: *Bombe* herunter. Im Flugzeug so etwas zu sagen, kann fatal sein. »Nicht ganz sicher bin.«

»Irgendetwas stimmt nicht, ich fühle es.« Sie lehnt sich auch zurück und schließt die Augen. »Ich will mich absichern. Am Ende heißt es: Hätte ich doch ...«

Nach der Landung fahren sie direkt zu dem Sprengstoffexperten.

»Moin Mo!!!«, begrüßt Mac ihn überschwänglich.

Geschockt sieht Mo die beiden an, jedoch richtet er sein Entsetzen Mac zu:

»Hey man, was willst du hier?«

»Begrüßt man so seine alten Freunde?«

»Wir sind keine Freunde, du hast mir gedroht.«

»Ich hab dich vor den ganzen Bankräubern gerettet, die zu dir kamen, wenn sie eine Bank ausrauben wollten und Bomben brauchten, die du mit Vergnügen zusammengebastelt hast.«

»Ja gut, ich bin jetzt clean, ich hab jetzt diese Werkstatt und mache nix Illegales mehr.«

Er breitet seine Arme aus und umfasst mit der Geste seine Autowerkstatt.

»Ist das nicht schön!« Sie nimmt ihn in den Schwitzkasten. »Ich will ja nur ein paar Informationen haben.«

»Was für Informationen?« Er ringt nach Luft. »Ich hab keine Informationen.« Genervt befreit er sich und glättet seinen blauen Overall.

»Das kann nicht sein, dass man seiner Leidenschaft nicht mehr nachgeht.«

Gelassen setzt sie sich auf einen Tisch an der Wand und stellt ihren Fuß auf den Stuhl. Kay steht immer noch im Eingangsbereich, wo die Autos hereingefahren werden. Lässig an die Wand gelehnt hat er die ganze Umgebung im Blick.

»Erzähl mir etwas über diese neue Bombe, die aus zwei Flüssigkeiten besteht.«

Sie nimmt einen Schraubenschlüssel vom Tisch und betrachtet ihn, als ob sie noch nie so etwas gesehen hätte. Mo geht zu ihr hin und nimmt ihn ihr aus der Hand.

»Davon weiß ich nix.« Er hängt den Schlüssel an die Wand, wo andere in verschiedenen Größen hängen. »Eine eurer Bedingungen war es, dass ich nie wieder mit Sprengstoffen zu tun haben soll.«

Mac springt vom Tisch und baut sich vor ihm auf.

»Mo! Entweder machen wir es auf die sanfte Tour oder ...«

»Ganz ehrlich, ich weiß nix.« Abwehrend hebt er seine Hände.

Sie gibt ihm einen gefalteten Zettel. »Kannst du daraus schlau werden?«

Er faltet ihn vorsichtig auf und ist kurz in die Einleitung vertieft, dann huscht ein Lächeln über sein Gesicht.

»Also, was ist?«, fragt sie ungeduldig.

»Es könnte funktionieren, aber dafür dürfte der Tresor nicht ganz so groß sein.«

»Es ist nicht für einen Bankraub, wahrscheinlich für einen Flughafen.«

Er lacht laut auf. »Das würde nicht reichen, das ist genauso, wie wenn du im Ozean einen Schuss abgeben würdest.« Er zeigt auf die Zeichnung. »Von dieser Flüssigkeit braucht man zwanzig Liter und von dieser zehn Milliliter, dann könntest du einen Explosionsradius von dreißig Metern schaffen, reicht vielleicht für einen kleinen Flughafen, um Panik zu verbreiten.«

»Es ist der Frankfurter Flughafen«, spricht sie gedankenverloren.

Wieder lacht er laut auf. »Du spinnst doch.«

Sie beachtet ihn nicht und nimmt den Zettel an sich.

»Aber die Bombe wäre machbar?«

Er nickt.

Enttäuscht läuft sie zu Kay, als Mo hinter ihr her ruft: »Maggi, warte!« Er kennt nur ihren Decknamen. »Kann ich es noch mal sehen?«

Sie gibt ihm wieder den Zettel.

»Siehst du diese Flüssigkeit?«

»Von der man nur wenig braucht?«, fragt sie.

»Genau, die sieht wie Wasser aus.«

»Ich hab bis jetzt keine Abbildung gesehen.«

»Es ist unsichtbar, aber sehr gefährlich.«

»Was heißt das?« Sie hat schon Angst, das zu fragen.

»Leicht entzündlich und man muss es dunkel transportieren, das heißt, es ist auch lichtempfindlich.«

Mac und Kay wechseln einen vielsagenden Blick.

»An einem Flughafen ist es unmöglich«, sagt Mo sachlich.

»Danke, Mo.«

Sie umarmt ihn und er schüttelt sie ab.

»Bleib weg von mir!«

Beim Rausgehen lacht sie ihn aus.

Sie faltet den Zettel und steckt ihn in ihre hintere Jeanstasche.

Da allein zweiundzwanzig Stunden für den Flug draufgingen, hat Roy ihnen noch ein paar Stunden eingeräumt.

»Du siehst geknickt aus«, bemerkt Kay, als er ein Taxi herbeiwinkt.

»Ich hab mir mehr erhofft.«

»Aber sind das nicht gute Nachrichten?«

»Ja, schon!«

»Aber du bist noch nicht ganz überzeugt.«

»Du kennst mich zu gut.«

»Nur auf beruflicher Ebene.« Er hält ihr die Taxitür auf.

»Würdest du es ändern wollen?«, fragt sie beim Einsteigen.

»In den letzten Gesprächen mit dir über deine zukünftigen Pläne würde ich das ändern wollen.«

Als sie in der Luft sind, fragt Mac: »Bist du noch mit Johanna liiert?«

Er hat seinen Sitz zurückgelehnt und den Gurt aufgemacht.

»Liiert ist etwas zu viel gesagt.«

Fragend sieht sie ihn an und er guckt sich in der ersten Klasse um.

Mit ihnen sitzen noch drei Personen hier, von denen zwei schlafen und einer Musik hört.

»Weißt du noch die Mission in Spanien letztes Jahr im Sommer?«

»Ich weiß noch, dass du wegen deiner Spanischkenntnisse angefordert wurdest und ich durch Johanna ersetzt wurde.«

Unbehaglich bringt er seinen Sitz in die aufrechte Position. »Du und ich haben nie über solche Themen gesprochen, ich weiß gar nicht, wie ich es formulieren soll.«

»Johanna ist Halbspanierin.« Auch Mac sieht sich ebenfalls um, aber keiner der anderen Passagiere hört ihnen zu. »Und ihr habt diesen spanischen Menschenhändler observiert?«

»Genau«, verlegen lächelt er.

Geduldig wartet sie, bis er weiterspricht:

»Was soll ich sagen, es war Spanien, es war heiß und eins führte zum anderen.«

»Das ist nicht professionell.« Dabei schmunzelt sie.

»Nicht umsonst werden die Frauen multitaskingfähig genannt.« Wieder lehnt er sich zurück. »Sie hatte den Mann voll im Blick gehabt und ich hatte eine schöne Aussicht ... von unten.«

Leise lachend sagt sie: »So genau wollte ich es nicht wissen.«

Lächelnd schweigt er und Mac guckt gedankenverloren aus dem Fenster.

»Hast du daran gedacht, sie zu heiraten?«

Abrupt setzt er sich wieder aufrecht und dreht sich zu ihr um. »Mac! Hast du Gefühle für mich?«

Langsam dreht sie sich auch zu ihm um und guckt in seine Augen.

»Nein! Nicht solche, die du meinst.«

Erleichtert atmet er aus. »Ich weiß, was du meinst.«

»In letzter Zeit habe ich mich mit der indischen Kultur und Religion befasst.«

»Deine Eltern stammen von dort, da ist es verständlich.«

Sie ist froh, dass sie nicht gleich wieder als Verrückte abgestempelt wird, wie Pia und Alistair es gemacht haben.

»Arrangierte Ehen sind da gang und gäbe.«

Kay hört angespannt zu.

»Allerdings haben meine Eltern aus Liebe geheiratet.« Ihr Blick zeigt, dass sie ganz weit weg ist. »Mein Vater war Hindu und meine Mutter Muslima. Damals war es eine Sünde, ein Verbrechen und Verrat, dass sie sich lieben. Daher sind sie nach Norwegen geflohen. Als sie und meine Schwester in dem Brand ums Leben kamen, wurde ich Waise, da keiner mich an-erkannt hat ...« Sie schüttelt sich und bindet ihre Haare zusammen. » ... außer die IA.«

Eine Weile schweigen beide, bis Kay sagt:

»Seit vielen Jahren kenne ich dich, aber so viel Persönliches hast du mir nie erzählt.«

»Unser Fokus liegt immer auf der Arbeit.« Sie lächelt ihn an. »Ich weiß auch wenig über dich.«

»Da gibt es auch nicht viel zu erzählen.« Entspannt trinkt er einen Schluck Wasser. »Ich wurde auf den Stufen eines Klosters in Irland ausgesetzt. Keiner wusste, von wem oder woher. Doch die Nonnen waren alle sehr freundlich zu mir und brachten mir einiges über Kräuterheil-kunde bei. Als sie erkannten, dass ich einen Hang für Sprachen habe, wurde ich in Latein und Griechisch unterrichtet.«

»Aha! Deswegen kannst du so gut mit Frauen umgehen.«

»Ich wurde sensibler für die Bedürfnisse der Frauen.« Er schielt halb zu ihr. »Und ich ver-stehe auch, was du dir wünschst.«

»Du wirst ein super Dad für deine Töchter.«

»Und ist es nicht besser, die Kinder aus Liebe zu zeugen und nicht, weil die biologische Uhr tickt?!«

»Ja, da hast du Recht.«

»Also die Uhr tickt für dich, nicht für mich. Ich bin erst achtundzwanzig.« Mit Humor will er die Situation auflockern.

»Ich hab dich schon nackt gesehen und es gab keine Erregung hier.« In der Luft malt sie Kreise über ihrem Intimbereich.

»Hey, hey, Johanna hatte Regungen, als ich noch angezogen war.«

Beide lachen und anschließend schweigen sie nachdenklich, bis Kay leise spricht:

»Vielleicht ist das der Grund, warum wir so ein gutes Team sind, weil wir keine ...«

»*Regungen* haben«, beendet sie seinen Satz.

»Weil wir keine romantischen Gefühle füreinander haben.«

»Meinst du? Es kann auch umgekehrt sein und man ist durch die romantischen Gefühle miteinander verbunden.«

»Das kann auch sein, aber dann ist immer die sexuelle Spannung da. Du würdest dich nie aus einem Hochhaus in meine Arme stürzen, wenn du Bedenken hättest.«

»Das stimmt! Ich vertraue dir und du hast mich nie begrabscht.«

»Das kam mir nie in den Sinn bei dir.«

»Was denkst du, woran das liegt?«

»Wie du sagtest, unser Fokus liegt immer auf der Arbeit, und du bist so ein guter Agent, dass ich diese Beziehung niemals aufs Spiel gesetzt hätte.«

»Warst du schon mal verliebt?«

»Ist etwas her, aber ja, in Isabella.«

»Ich seh schon den roten Faden bei dir: Spanien!«

Schmunzelnd sagt er: »Hat was, diese spanische Nacht.«

»Ist das ein Synonym?«

»Hmm, kann sein.«

Amüsiert sieht sie ihn an und er zuckt mit den Schultern.

»Heißer Sex.«

»Jetzt weiß ich zu viel von dir.«

Wieder lachen beide gemeinsam.

»Warst du verliebt?«, fragt er.

»Ich bin es noch.«

Freudig will er mehr wissen, aber dann sieht er ihr trauriges Gesicht.

»Er will nicht das, was du willst«, interpretiert Kay.

»*Er* ist noch nicht so weit«, rechtfertigt sie Alistair.

»Ich nehme an, er ist ein Agent?«

Mit gesenktem Kopf nickt sie und er atmet aus, bevor er weiterspricht:

»Dieser Job macht süchtig. Auch wenn wir nicht Ruhm oder Anerkennung erhalten, ist es berauschend, zu wissen, dass wir etwas Gutes getan haben. Leicht aufgeben können wir es nicht. Ich weiß nicht, ob ich es könnte.«

»Wenn du die richtige Frau triffst, wird es dir leichtfallen, es aufzugeben.«

Als er nichts erwidert, ergänzt sie noch:

»Spätestens, wenn du ein paar Töchter hast.«

»Dann wird meine Mission sein, sie vor Typen wie Alistair zu bewahren.«

Bei seinem Namen schluckt sie, aber Kay merkt nichts davon.

»Noch ist er jung, aber sobald er seiner großen Liebe begegnet, trifft es ihn wie eine Naturgewalt.«

»Du kennst ihn gut«, stellt er neutral fest, jedoch fühlt sie sich ertappt.

»Ach, ich hab nur gute Menschenkenntnisse.«

Um ihre Lüge zu verstecken, wendet sie ihr Gesicht ab. Sie kennt Alistair gut. Daher fragt sie sich, ob sie mitansehen könnte, wenn er eine andere Frau liebt. Verneinend schüttelt sie ihren Kopf.

Diese Frau steht noch in den Sternen.

06.07.2007

Heera holt ihre fünfjährige Sona vom Kindergarten ab, doch die Kleine will noch etwas schaukeln, daher setzt sie sich auf die Bank und fragt sich, wann sie das letzte Mal Zeit hatte, sich hinzusetzen und ihr Kind zu beobachten.

Die letzten fünf Jahre waren hart und stressig: Es ging von der Arbeit nach Hause, kochen, Sona vom Kindergarten abholen, essen, schlafen und am nächsten Tag fängt das Spielchen von vorne an. Umso mehr freut sie sich auf ihren ersten Urlaub mit Sona.

Pass und Flugtickets stecken in der Handtasche. Ich muss noch Taschentücher hineinlegen.

Sie ist in Gedanken versunken, als ihr Handy klingelt. Nach einem Blick auf das Display hebt sie ab.

»Hallo Arsan«, begrüßt Heera ihre Freundin.

Wie bei fast jedem Anruf fängt sie auch heute mit einem Lied an:

»*Regnet es auf das Haus, macht es mir nichts aus, da ich trotzdem lachen kann ...*«

Beide fangen zu lachen an.

»*Hast du alles eingepackt?*«, fragt Arsan.

»Ich denke schon.«

»*Alles ok bei dir?*«

»Ich hab Angst.« Heera konnte oft ihre Gedanken bei ihren Freundinnen laut aussprechen. »Ist das nicht lächerlich? Ich bin schon dreißig Jahre alt und hab Angst, eine Reise zu machen.«

»*Verständlich. Das ist auch dein erster Urlaub alleine.*«

»Sona ist doch bei mir.«

»*Ich meinte auch ohne deinen Vat ... ohne deine Familie.*«

»Ohne meinen Vater. Sag's ruhig, ich verkrafte das schon.«

Heeras Vater ist vor sechs Jahren unerwartet verstorben.

»*Man rechnet nicht damit, dass man mit Anfang fünfzig ohne Vorerkrankungen so plötzlich stirbt.*« Für Arsan ist es auch unbegreiflich.

»Er wäre bestimmt sauer, dass ich allein mit einem Kind reise.«

»*Bestimmt hätte er es erst gar nicht zugelassen.*« Arsan kennt aus eigener Erfahrung die pakistanische Kultur und ihre Engstirnigkeiten.

»Wenn er noch leben würde, wäre ich bestimmt noch verheiratet«, sinniert Heera nachdenklich.

Sie hat sich nach Sonas Geburt von ihrem Ehemann getrennt. Ein weiterer Schock für ihre Familie, die eine ganze Weile nicht mit ihr geredet hat.

»Andererseits hat er mich so selbstständig erzogen, dass ich den Mut gefasst habe, alleine zu reisen.«

Beide schweigen, bis Arsan aufheiternd in den Hörer spricht:

»*Es ist nie langweilig mit dir.*«

»Ich bin dankbar für meine Freunde, die es zu schätzen wissen.«

»*Du hast diesen Urlaub verdient. Du wirst viel Spaß haben, viel erleben und ein ganz neuer Mensch werden.*«

»Reden wir morgen noch einmal?«, fragt Heera schnell, denn die Gespräche mit Arsan sind immer so kurz, findet Heera.

»*Leider nicht. Ich muss noch ins Praktikum, und bis ich da rauskomme, sitzt du längst in* Air Canada«, antwortet sie in einem neckischen Ton.

»Ohh, schade! Ist das jetzt also ein Abschied?! Na ja, die zwei Wochen sind im Nu vergangen.«

»*Das denke ich auch. Bis bald, meine Liebe.*«

»Bis bald!«

07.07.2007

Heera ist schon lange wach. Wegen der Aufregung konnte sie kaum schlafen, aber das ist nicht so schlimm. Sie fühlt, dass dieser Samstag ein schöner Tag in ihrem Leben werden wird.

Heera und Sona fahren mit einem Taxi zum Frankfurter Flughafen. Wie immer ist sie überpünktlich, denn sie will jede Minute genießen und den Stress vermeiden.

»Komm, Sona, wir gehen jetzt lecker frühstücken!«

»Ins McDonald's?«, fragt Sona.

Heera nickt und beide schlendern Hand in Hand durch den Frankfurter Flughafen.

Das Flugzeug von Mac und Kay landet in Frankfurt, wo auch Yue Shu Ya sitzt. Die beiden folgen ihm in ein Café am Flughafen. Sie geben sich als Ehepaar aus, das in den Urlaub fliegt. Die anderen Agenten, die im Flughafen verteilt sind, befinden sich in ihrer Nähe.

Mac konnte Roy davon überzeugen, noch ein Team mit zwei Mann zusätzlich zu Jonas und Vjai auf dem Flughafen zu postieren.

Es würde Ressourcenverschwendung sein, meinte er, willigte aber doch ein.

»Dir stehen schwarze Haare«, sagt Kay, jetzt ihr gegenübersitzend im Café.

»Du hast mir noch nie Komplimente gemacht«, entgegnet Mac überrascht.

»Das macht man doch als Ehemann, oder nicht?«

Verlegen zupft sie an ihrem weißen Sommerkleid.

»Und der passende weiße Hut zu deinem Kleid ist ...«

»Jetzt übertreibst du!«, unterbricht sie ihn theatralisch.

»Du solltest lernen, Komplimente anzunehmen. Dein Mann wird mir dankbar sein.«

»Na gut, dir steht dieser Ehering.« Sie deutet auf seinen Ringfinger.

»Das macht mich zum waschechten Ehemann, oder?«

»Ja, wären da nicht dieses Khaki-Hemd und die weiße Hose.«

»Wieso? Was hast du dagegen? Das hat Vjai extra für mich ausgesucht.«

»Ich necke dich doch nur, das gehört auch dazu.« Verschmilzt, trinkt sie ihren Kaffee. »Das wird dann unser letzter Urlaub zusammen sein«, spricht sie verschlüsselt, aber er versteht sie gleich.

»Du hast dich entschieden?«

Sie nickt.

»Ich werde dich in jeder Hinsicht unter-
stützen.«

»Du wirst bestimmt ein guter Ehemann.«

Gedankenverloren fasst er sich an sein Ohr.
»Es ist so ungewohnt, *keinen Mann* im Ohr zu
haben.«

Die beiden sollen so echt wie möglich wirken,
daher müssen sie ihre Handys benutzen, um
der Zentrale zu sagen, dass ein Austausch statt-
findet:

Yue Shu überreicht einem vorbeigehenden
Mann seinen Koffer, ohne ihn anzusehen.

Kay bleibt sitzen und beobachtet weiterhin Yue.
Mac steht unterdessen auf.

»Ich geh mich mal frisch machen«, kündigt sie
an und verfolgt den Mann mit dem Koffer.

Die Gäste im Café, die Passagiere, die Ver-
käufer und der Sicherheitsdienst bekommen
nichts davon mit.

Der Mann mit dem Koffer setzt sich in die
Skyline, eine Hochbahn, die die Terminals miteinander verbindet, und fährt damit von Terminal 1 zum Terminal 2.

Dort spaziert er langsam ins McDonald's, beobachtet dabei die Flugzeuge, die man aus dem
Fenster sehen kann, und setzt sich an einen Tisch.

All das beobachtet Mac mit einigem Abstand.

Um nicht aufzufallen, holt sie ihr Handy heraus und wählt Kays Nummer.

»Du hast es besser aufgenommen, als ich dachte«, sagt sie ohne Begrüßung in den Hörer.

»Ich habe dich immer respektiert und da gehört es auch dazu, die Entscheidung des anderen zu akzeptieren, oder nicht?«

»Du hast dich verändert, Kay.«

»Das gehört zum Leben.«

Sie legt auf und steckt ihr Handy in die Jackentasche, dabei lässt sie den Mann mit dem Koffer nicht aus den Augen. Allerdings sind ihre Gedanken bei Alistair, der ihre Entscheidung, aus der Agency auszusteigen, nicht so gut aufgenommen hat.

Gedankenverloren nimmt sie anstatt ihrer Handtasche die von Heera von der Stuhllehne und geht dem Mann hinterher, als der das McDonald's verlässt.

»Gibt es was Neues bei dir?«, fragt Mac Kay über das Telefon.

»Nicht wirklich. Yue macht Kreuzworträtsel.«

»Wo seid ihr?«

»Er sitzt in der Lobby für die Passagiere aus der Ukraine und ich warte auf den Flieger nach Paris.«

»Die Stadt der Liebe.«

Beide lächeln und schweigen, bis er sagt:

»Ich bin etwas neidisch auf dich, da du weißt, was du willst.«

Sie schnauft ins Handy: »Etwas zu wollen und es zu bekommen, sind zwei Paar Schuhe.«

»Wieso jetzt, Mac?«

»Ich hab das Gefühl, mir rinnt die Zeit davon.«

»Seit wann? Weil du dreißig wirst?«

Mac weiß immer, wann er sie ernsthaft fragt und nicht ins Lächerliche zieht oder sie verurteilt.

»Ich bin mir gar nicht sicher, dass es etwas mit dem Alter zu tun hat. Ich bin mir nur sicher, dass die Zeit bei der Agency vorbei ist.«

Kay atmet in den Hörer.

»Der Mann mit dem Koffer heißt übrigens Wolfgang Müller.«

Mac kann fühlen, dass er lächelt.

»Bestimmt nicht sein echter Name«, bemerkt er.

»Und er sieht nicht gerade deutsch aus. Dafür fährt er unheimlich gern mit der Skyline. Ich bin schon dreimal damit gefahren.«

»Mac?«

»Hmm ...«

»Warst du schon mal in Paris?«, fragt er, obwohl er die Antwort weiß.

»Noch nicht!«

»Ich ...«

»Kay, er läuft zu den Frachthäusern«, unter-

61

bricht sie ihn. »Ich hatte recht, es ist eine Bombe.«

»Wie kommst du darauf?«

»Wegen des flüssigen Sprengstoffs.«

»Und du denkst, dass die zwanzig Liter in einer der Frachtkisten sind.«

»Nicht umsonst bist du mein Partner«, schmeichelt sie ihm. »Du kannst meine Gedanken lesen.«

»Die Agenten sollen dir folgen, ich komme, sobald Yue im Flieger sitzt.«

Auf einmal gibt es eine Unruhe im Flughafen und die Verbindung zu Mac wird unterbrochen.

Verstohlen sieht Kay zu einem Agenten in seiner Nähe. Agent Vjai greift an sein Ohr und schüttelt den Kopf. Kay zeigt auf sein Handy, dass er keinen Empfang hat. Vjai kommt langsam zu Kay und flüstert:

»Das Netz wurde überlastet.« Er greift sich wieder ans Ohr, dabei passt er auf, dass er nicht an seinen Ohrring kommt. »Wir können uns nur über unsere interne Kommunikation verständigen.«

»Mac und ich haben keine interne Verbindung«, flüstert Kay.

Nickend gibt er ihm einen Kommunikator.

»Was? Die Skyline fährt nicht mehr?« Vjais Stimme ist etwas zu laut.

Kay steckt den Kommunikator ins Ohr, um die Unterhaltung mit anzuhören.

»Wir brauchen jeden Agenten dort«, sagt Vjai zu Kay.

»Mac ist ...«

Auf Vjais dunkler Stirn bilden sich Schweißperlen. Er wischt sie mit dem Handrücken weg und spricht sachlich:

»Du gehst zu Mac und ich erledige das mit der Skyline!«

Kay nickt und Vjai verschwindet in der Menge.

Sobald Yue in die Maschine steigt, die in die Ukraine fliegt, rennt er los. Plötzlich fällt ihm ein, dass er nicht weiß, wo Mac ist.

Eines der Frachthäuser! Herrgott! Hier gibt es etliche Frachthäuser und Lager.

Er versucht, sie anzurufen, doch es geht kein Signal raus. Kay ist zu sehr abgelenkt von seinen Gefühlen: Etwas wird passieren, er weiß es genau. Allerdings hat er nie an Intuition geglaubt, aber dieses ungute Gefühl ... er muss sich konzentrieren und Macs Peilsender in ihrer Handtasche lokalisieren. Verwirrt schaut er sich um, als er in die Nähe von Mac kommt.

Hier ist weit und breit kein einziges Frachthaus.

Dennoch folgt er weiterhin seinem Peilgerät und öffnet die Tür zur Damentoilette.

Mac schleicht sich hinter einen der

Frachtcontainer und beobachtet den Mann mit dem Koffer. Er öffnet den Koffer und holt eine fingerlange Ampulle heraus.

Mac greift in ihre Handtasche, um ihre Waffe, die von Detektoren unsichtbar ist, herauszuholen. Doch als sie darin herumwühlt, merkt sie, dass es nicht ihre Tasche ist. Sie holt einen Reisepass heraus.

Heera Ayran, wer zum Teufel ...

Plötzlich wird ihr klar, was passiert ist.

Das war wahrscheinlich im McDonald's.

Kurz blickt sie über ihre Schulter, jedoch sieht sie Agent Jonas nicht, der ihr hätte folgen sollen. Schnell holt sie ihr Handy heraus, um Kay anzurufen. Ein lauter Ton sagt ihr, dass kein Signal vorhanden ist. Daraufhin guckt der Mann in Macs Richtung. Sie hat keine andere Wahl, als aus dem Versteck herauszukommen.

»Hallo, neugierige Frau!«

»Grüß Gott, Wolfgang!«

»Scheiß' Agenten.«

»Ich bin wirklich neugierig«, sagt Mac, um Zeit zu gewinnen. »In der Ampulle ist Pulver, sollte da nicht eine Flüssigkeit drin sein?«

»Ich hasse kluge Frauen.« Er macht einen Schritt zurück und öffnet einen Behälter.

»Lass mich raten, darin sind zwanzig Liter.«

»Vierzig!«

»Ihr habt die Flüssigkeit schon vorher hergebracht und die zehn Milliliter in Pulver umgewandelt.«

»Zwanzig.« Er scheint darauf stolz zu sein.

»Für einen Schaden wird es nicht reichen.«

Demonstrativ hält er die Ampulle über den Behälter und nickt mit dem Kopf hinter sich.

Sie macht große Augen, als sie den Tank für die Flugzeuge sieht.

»Eigentlich wollte ich den Behälter ins McDonald's bringen, aber dann bist du, Schlampe, aufgetaucht.«

Mac sieht jetzt erst die Technikeruniform unter seiner Jacke.

»Und wenn die Bombe hochgeht, entzündet sich das Benzin und ...«

»Es werden wahrscheinlich nicht so viele sterben, aber Angst ist die größte Waffe. Meine Mitstreiter werden es zu nutzen wissen.«

»Aber nur, wenn es dir gelingt.«

»Hast du da nicht was vergessen?«, er lacht bösartig.

»Den Zünder.«

»Du bist wirklich ein kluges Miststück.«

»Nun, wir können das auf die sanfte Tour machen.« Mac streckt ihm ihre linke Hand entgegen. »Oder auf die Harte.« Sie ballt ihre Rechte.

»Ich wollte eigentlich nicht mit einer schwarzen Fotze sterben.« Während er das sagt, wirft er die Ampulle in das Fass und holt den Zünder aus seiner Jacke.

Mac stürzt sich auf ihn, jedoch hat er schon darauf gedrückt. Sie hat noch Sekunden, um sich zu entscheiden:

Beim Rausrennen schnappt sie sich aus Reflex die Handtasche.

»Sona, bist du fertig?«, fragt Heera, während sie ihre Hände wäscht.

»Gleich, Mama!«

Die Eingangstür der Toilette geht auf. Aus Reflex schaut Heera hinüber und ist im ersten Augenblick überrascht.

Ein Mann kommt herein und schaut sie entgeistert an.

»Sie sind hier falsch«, sagt Heera zu Kay.

Zur Salzsäule erstarrt versucht er, klar zu denken. Da fällt sein Blick auf ihre Tasche, die gleiche, die auch Mac dabei hatte. Er hält sein Gerät an die Tasche und er pulsiert schneller.

Sona kommt aus der Kabine heraus und stellt sich zu ihrer Mutter.

Ein lauter Knall erschreckt die drei und Panik breitet sich im Flughafen aus.

Heera nimmt Sona schützend auf den Arm.

Kay macht die Tür nach draußen auf, um zu sehen, was los ist, als ein Mann vor ihm auftaucht. Mit einem Messer geht er auf Kay los.

Kay kann gerade noch ausweichen, aber der Mann verpasst ihm mit der linken Faust einen Hieb in den Bauch und stürmt in die Toilette.

Heera schreit auf, als der Mann auf sie losgeht, und schirmt Sona mit ihrem Körper ab.

Kay packt den Mann von hinten und hält seine rechte Hand auf, bevor das Messer auf Heeras Rücken trifft. Ein kräftiger Hieb am Hinterkopf und der Mann sackt auf den Boden auf. Dabei fällt dem Mann sein Handy aus der Tasche und Kay starrt den großen roten Punkt an, der auf dem Display angezeigt wird. Seine Gedanken rotieren so schnell, dass er keinen fassen kann. Allerdings zwingt er sich zur Ruhe und seine Gedanken nehmen eine Ordnung ein:

Der Mann hat das Signal von dem Peilsender verfolgt und hat vermutet, dass diese Frau eine Agentin ist.

Er sieht zu Heera, die verängstigt mit ihrem Kind an der Wand gelehnt auf dem Boden kauert. Behutsam kniet er sich neben sie.

»Ich weiß nicht, wie ich Ihnen *das hier* erklären soll, aber Sie müssen mit mir kommen.« Er reicht ihr seine Hand.

Heera steht unter Schock.

Kay schaut zu Sona, die von Heera fast erdrückt wird.

»Mama!«

Jetzt erst löst sich ihre Starre auf und sie kann wieder sprechen: »Der Mann ... wollte er ...

mich ... uns töten??« Sie bekommt keinen richtigen Satz zustande.

»Das ist kompliziert!«, weicht Kay aus.

Entgeistert schaut sie ihm ins Gesicht.

»Wollen Sie mich verarschen?«

Adrenalin fließt durch ihre Adern, daher kann sie sich auch wieder bewegen. Sie steht auf und macht die Tür nach draußen auf.

Die Menschen rennen durcheinander, schreien und weinen.

Eine Durchsage ertönt durch die Sprechanlagen:

»*Bitte geraten Sie nicht in Panik.*«

Jedoch ist Panik längst ausgebrochen.

»*Bitte bewahren Sie Ruhe und begeben Sie sich zu den Notausgängen! Please keep calm ...!*«

Kay, Heera und Sona bahnen sich einen Weg durch die Menge, dann bleibt er abrupt stehen und hält Heera am Handgelenk fest. Sie will sich befreien, als sie seinem Blick folgt.

Aus dem Fenster sehen sie, wie eine riesige schwarze Rauchwolke in den Himmel steigt.

»Was ist da passiert?«, fragt sie ihn.

»Eine Bombe!«

Mac hatte recht!

Heera erschreckt sich erneut und zieht Sona enger an sich.

Kay schaut zu ihr, aber spricht in seinen Kommunikator, den er zuvor von Vjai bekommen hatte.

»Bitte um Aufklärung!«

»In einem Frachthaus war eine Bombe«, berichtet Vjai.

»Hat Team T einen Code Black?«

Nach einer langen Pause, die Kay wie eine Ewigkeit vorkommt, sagt Vjai:

»Bestätige: Mac ist tot!«

Wie gut die Agenten auch vorbereitet werden, wie gut sie auch lernen, ihre Gefühle zurückzustellen, der Tod trifft sie hart.

Doch Kay muss sich jetzt zusammenreißen, für diese Frau, die ihr Kind so fest an sich gedrückt hält, dass das Kind keine Luft bekommt. Er kann die beiden jetzt nicht allein lassen. Sie brauchen ihn, das weiß er.

»Bitte, Sie müssen mit mir kommen!«, fleht er sie erneut an.

Heera ist gerührt, aber dennoch sagt sie: »Machen Sie sich keine Sorgen. Wir gehen zu den Notausgängen und dann sind wir in Sicherheit.«

»Das sind Sie nicht.«

Sie sieht ihn verwirrt und böse zugleich an.

»Ich versuche, es Ihnen zu erklären.« Er zieht sie zur Seite, damit sie nicht immer wieder angerempelt werden. »Also eine kurze Zusammenfassung.« Er spricht mehr zu sich selbst. »Ich kann das auch nicht richtig verstehen ... aber diese Zufälle ... so viele ...«

»Herrgott, sprechen Sie Klartext«, unterbricht sie ihn.

»Meine Kollegin ...«, er schluckt schwer.

»*Kay, du musst da raus!*«, schreit Vjai in sein Ohr.

Kay hält die Hand an sein Ohr und spricht ruhig: »Ich bin dabei und habe zwei Zivilpersonen bei mir.«

»*Wieso? Nein! Die Polizei und die Sicherheitskräfte werden das regeln.*«

»Das wirst du mir nie glauben, wenn du es nicht selbst siehst.« Vor Entrüstung gehen seine Mundwinkel leicht hoch.

Amüsant, was für Spielchen das Schicksal mit uns spielt.

Verängstigt will Heera sich befreien, aber er hält sie fester und zieht sie zu sich.

»Bitte, ich versuche, Ihr Leben zu retten.«

»Ja genau, das sagen auch die meisten Serienkiller.«

Jetzt muss er doch leicht lächeln und zeigt auf sich.

»Sehe ich wie ein Serienkiller aus?«

»Wie sieht denn ein Serienkiller aus?«

»Wir können das gerne ein andermal thematisieren, aber jetzt müssen Sie mir gut zuhören.«

Er schaut sie ernst an. »Also, meine Kollegin, der Sie unglaublich ähnlich sehen, ist tot. Und nicht nur das. Sie haben ihre Handtasche gehabt und jetzt glaubt jeder Attentäter in diesem Flughafen, dass Sie meine Kollegin sind.«

Heera steht der Mund offen. »Und wieso sollte ein Attentäter Ihre Kollegin töten wollen?«

»Wir sind von der Regierung und arbeiten verdeckt!« Das ist die übliche Erklärung für die Zivilisten. »Ich kann Sie nur bitten, mir zu vertrauen und mit mir zu kommen.«

Heera hat bereits viele Actionfilme gesehen, aber dass sie je in einem stecken würde, hätte sie nie gedacht. Sie blickt in das verängstigte Gesicht von Sona und stimmt zu: »Ok!«

Kay führt sie zu einem Auto, das in der Tiefgarage steht.

»Ich hätte nie gedacht, dass ich es mal brauchen würde.«

Laut spricht er mit sich selbst. Dabei öffnet er den Kofferraum des Mercedes SL und holt einen Kindersitz heraus.

»Das ist jetzt klischeehaft.«, sagt Heera und schnallt Sona auf den Rücksitz an.

»Das Auto?« Er findet sie lustig. »Es ist schnell!«

71

Sie fahren aus der Stadt hinaus auf die Autobahn in Richtung Fulda.

»Also seid ihr so was wie der Geheimdienst eurer Majestät?« Heera dreht sich nach hinten zu Sona, die eingeschlafen ist.

»So was in der Art!«

»Hättet ihr nicht so etwas verhindern sollen?« Sie zeigt auf die blass werdende Wolke.

»Das hätten wir.« Sein Blick fällt auf den Ehering, den er immer noch trägt. »Und wir hätten keinen verlieren sollen.«

»Tut mir leid für euren Verlust!«

Eine Weile fahren sie schweigend, bis Heera sagt:

»Wenn Sie die nächste Ausfahrt nehmen, bin ich im Nu zu Hause.«

»Ich bedauere!«

»Ich möchte bitte nach Hause«, fleht sie ihn an.

»Da sind Sie nicht sicher.«

»Wieso nicht? Ihre Kollegin ist doch ...« Sie spricht das Wort nicht aus.

»Sie schon, aber Sie nicht.«

Fragend sieht sie ihn an und er bemerkt ihren Blick, dennoch lässt er sich Zeit, um die passenden Worte zu finden.

»Die Attentäter haben das Handysystem lahmgelegt. Doch ein Signal war sichtbar, das von meiner Kollegin. Sie hatte einen Peilsender in ihrer Tasche.«

»Und die Tasche hatte ich bei mir.«

»Kurz bevor Sie in die Toilette kamen, bemerkte ich, dass es nicht meine Handtasche ist«, schildert Heera ihre Version der Ereignisse.

»Sie verstehen, dass es zu gefährlich für Sie und Ihre Tochter ist, nach Hause zu gehen.«

Erschöpft und traurig sackt sie in sich zusammen.

Hundert Kilometer von Bad Hersfeld befindet sich ein privater Flugplatz.

Heera zögert, in den Hubschrauber zu steigen. Allerdings hat sie auch erkannt, dass sie Hilfe braucht, um aus dieser Misere herauszukommen.

Kay schnallt sie an und Heera achtet darauf, dass Sona in ihren Armen nicht eingequetscht wird.

Durch die Erschütterung, als Kay den Hubschrauber auf einem Flugzeugträger landet, werden Heera und Sona wach.

Alistair hilft den beiden beim Aussteigen und erstarrt bei Heeras Anblick.

»Ich hab's doch gesagt, ihr werdet mir nicht glauben, wenn ihr es nicht selbst seht«, bemerkt Kay, während er um den Hubschrauber herumkommt.

Da Alistair sie immer noch festhält, spricht sie leise zu ihm:

»Mein herzliches Beileid.«

Abrupt lässt er sie los und nickt nur.

Heera will Sona aus dem Hubschrauber heraus hieven, da fragt Kay:

»Darf ich?«

Obwohl Heeras Arme schmerzen und ihr jegliche Kraft fehlt, schüttelt sie den Kopf und nimmt Sona an die Hand.

Kay lächelt sie an und automatisch muss sie auch lächeln.

Sie laufen quer über den Flugzeugträger und gehen die Treppen hinunter, wo ein Motorboot im Wasser treibt.

Alistair geht ans Steuer und Heera bemerkt seine Handknöchel, die weiß hervortreten.

Kay setzt sich neben sie und sie fahren los.

Heera hat die Orientierung verloren und voller Angst traut sie sich nicht, zu fragen, wo sie sind oder wohin sie fahren.

»War sie Ihre Ehefrau?«, fragt Heera statt-dessen.

Überrascht sieht er zu ihr und sie deutet auf seinen Ehering.

Er atmet tief ein. »Ich bin gerade nicht in der Lage, über sie zu sprechen.«

»Bitte verzeihen Sie meine Unüberlegtheit.«

»Ich muss mich entschuldigen für meine Direktheit.«

Verständnisvoll nicken sie sich an, denn ihnen fehlen die Worte.

Das Boot fährt sie zu einer Insel, die eine Stunde entfernt liegt.

Auf der Insel angekommen fahren die vier mit einem Jeep zu einem Anwesen mit einer Villa, die zirka siebenhundert Quadratmeter umfasst, und mit ebenso großem Garten.

In der großen Eingangshalle hängt ein schwerer Kronleuchter. Links und rechts gehen Zimmer ab, von denen einige Türen geschlossen sind. Geradeaus führt eine breite Treppe in den ersten Stock.

Ein kleiner, pummeliger Mann mit schütterem Haar begrüßt sie.

»Guten Tag, mein Name ist Roy.«

»Mein Name ist Heera Ayran.«

»Das wissen wir«, sagt er gedankenverloren und hält immer noch ihre Hand.

»Na dann, gute Arbeit, wenigstens habt ihr das hinbekommen«, sagt sie sarkastisch.

Perplex guckt er Kay an und lässt ihre Hand los.

»Sie hat unsere misslungene Mission mitbekommen.«

»Ich war ja auch mittendrin.«

»Ich kann mir vorstellen, dass Sie viele Fragen haben, und ich werde versuchen, all Ihre Fragen nach bestem Wissen zu beantworten, aber möchten Sie sich und Ihr Kind nicht erst mal frisch machen?«

»Ich habe nur eine Frage: Wann ... darf ich ... nach Hause?«

Roy schweigt und deutet auf Sona, die kaum stehen kann. Darauf nickt Heera zustimmend.

»Ich führe Sie zu Ihrem Zimmer.« Roy läuft die Treppen hinauf.

Heera blickt zur Seite, um Kay zu danken, doch er und Alistair sind geräuschlos verschwunden.

Im ersten Stock gibt es zehn Türen, die alle verschlossen sind.

»Das ist eines unserer Safe Houses«, erklärt Roy, als er Heeras Gesichtsausdruck sieht. »Hier bringen wir Menschen unter, die in Gefahr sind. Außerdem wohnen hier auch ein paar unserer Leute.«

Er schließt eine Tür auf und gibt Heera den Schlüssel.

»Ich lasse Essen auf Ihr Zimmer bringen.«

Heera zögert.

»Hier sind Sie sicher.«

Sie vertraut auf die Ehrlichkeit in seiner Stimme.

Nachdem sie Sona geduscht und ihr ausgeliehene

Klamotten angezogen hat, setzt sie sie ins Bett und gibt ihr einen Teller mit Sandwiches.

Frisch geduscht zieht Heera auch ein ausgeliehenes langes T-Shirt und dazu passende Hosen an.

Sie sieht, wie ihr Kind mit dem Teller in der Hand eingeschlafen ist. Sie gibt ihr einen Kuss und deckt sie zu.

Am Fenster isst sie ihr Sandwich, doch nach ein paar Bissen kann sie nicht weiteressen und bricht in Tränen aus.

Was mach ich jetzt?

So hilflos hat sie sich zuletzt gefühlt, als ihr Vater plötzlich starb. Zum Glück hat sie Sona bei sich, sonst wäre sie sicherlich durchgedreht.

Sona ist ihr Anker.

Heera schläft unruhig und wird durch ein leises Klopfen geweckt.

Sie tapst erschöpft und müde zur Tür. Und plötzlich ist sie hellwach und wünscht sich, dass sie in den Spiegel geguckt hätte, bevor sie die Tür aufgemacht hat.

»Guten Morgen«, begrüßt Kay sie.

Unauffällig kämmt sie ihr kurzes schwarzes Haar mit den Fingern und nickt nur.

»Ich bitte um Entschuldigung, weil ich Sie wecke, aber wir müssen mit Ihnen reden.«

Heera wird wieder in die Realität katapultiert.

»Ich habe Ihnen noch ein paar Sachen zum Anziehen mitgebracht.«

Er gibt ihr eine Tasche und sie bemerkt, dass er einen schwarzen Anzug ohne Krawatte trägt.

»Bitte kommen Sie in den Speiseraum, der ist unten links bei den Treppen.«

In dem Speisesaal sitzen zwei neue Personen, die sie nicht kennt, doch ihre Blicke kennt sie:

Die Frau, die ihrer Kollegin ähnlich sieht, ist da.

Ihr ist das unangenehm.

»Bitte, nehmen Sie sich, was Sie essen wollen«, sagt Roy.

Auch er ist in Schwarz gekleidet. Allerdings in Pullover und Hose.

Sona haut rein, aber Heera kriegt nur eine Tasse Kaffee herunter.

»Wenn Sie fertig sind, kommen Sie in den gegenüberliegenden Raum.«

Sie steht auf, aber Sona will noch essen. Roy winkt eine Frau herbei.

»Agent Pia kann bei Sona bleiben, wenn es Ihnen recht ist.«

Heera zögert wieder. Sona ist ihre Verpflichtung. Seit sie geboren ist, ist sie ihre Verantwortung.

»Wir sind gleich hier vorne.« Er zeigt auf den Raum, dessen Tür offensteht.

Pia lächelt Sona freundlich an, doch als sie Heera ins Gesicht schaut, wird sie ernst.

Heera sieht ihre Trauer und nickt.

»Das ist unser Wohnzimmer«, führt Roy sie herum.

Als Erstes fallen ihr die deckenhohen Regale mit Büchern auf, die die ganze rechte Seite bedecken.

Links an den Fenstern steht ein runder Tisch mit drei Stühlen. Vorne hängt ein Fernseher, der die Hälfte der Wand einnimmt, und davor stehen Sofas und Sessel. In dem einen sitzt Alistair, jedoch steht er auf, als er sie sieht, und geht auf sie zu.

»Guten Morgen. Mein Name ist Alistair.«

Er gibt ihr die Hand und sie fragt sich, warum er in Schwarz so sexy aussieht.

Sein Hemd und seine Hose sind eng geschnitten und die Weste ist aus reiner Seide. Wie Kay trägt auch er keine Krawatte.

»Meinen Namen kennst du ja schon.« Sie duzt ihn, da er so jung ist.

Er nickt ihr ernst zu und bedeutet ihr, auf einem Sessel Platz zu nehmen.

Auf dem Sofa sitzt eine Frau Mitte vierzig.

»Hallo Heera, my name is Geneviève.«

Sie klappt eine Mappe, die vor ihr auf dem

Couchtisch liegt, zu, ihre Lesebrille legt sie darauf und gibt ihr die Hand.

»Französisch?«

Zum ersten Mal fällt Heera auf, dass Roy, Kay und auch Alistair mit ihr auf Deutsch gesprochen haben.

Roy hat einen sehr leichten Akzent, den man nur dann erkennt, wenn man fast sein ganzes Leben, wie Heera, in Deutschland gelebt hat.

»Oui!«

Heera befürchtet, dass sie jetzt auf Französisch oder auf Englisch sprechen muss.

»S'il vous plaît, nimm Plas.«, sagt sie mit sehr starkem französischen Akzent.

Heera ist nur froh, kein Englisch sprechen zu müssen.

Roy setzt sich in den Sessel gegenüber von Heera und Alistair holt einen Stuhl heran.

Da alle schweigen, kann Heera Geneviève in Augenschein nehmen: Sie trägt ein elegantes schwarzes Spitzenkleid. Die hellbraunen Haare hat sie zu einem perfekten Knoten zusammengebunden.

Heera würde sich in ihrer grünen Bluse und braunen Hose etwas overdressed vorkommen, wenn sie nicht zwei Nummern zu groß wäre und das Spiegelbild heute Morgen ihr deutlich gezeigt hätte, dass sie die halbe Nacht geweint hatte. Auch kalte Spritzer ins Gesicht brachten nicht viel.

Kay kommt ins Zimmer, und nachdem er sich neben Geneviève gesetzt hat, holt er sein Handy heraus und tippt fleißig darauf herum.

Die drückende Stille verspannt alle, und auch wenn Geneviève den Mund zweimal aufmacht, kommt nichts heraus.

»Eure Kollegin ist eindeutig zu hübsch, um eine Agentin zu sein.« Heera nickt zu der offenen Tür, die die Sicht auf Sona und Pia freigibt.

Nachdem Geneviève sich wieder umgedreht hat, sagt sie: »Ich mag Ihr 'umor.«

»Ist nur gespielt.«

In Heeras Stimme liegt eine Traurigkeit, sodass Kay sein Handy beiseitelegt und auch die anderen sie jetzt ansehen.

»Wir konnen nicht mal ansatzweise wissen, wie Sie sisch fulan.« Geneviève lehnt sich zurück und überschlägt die Beine. »Aber wir werden varsuuchen, es Ihnen so angenehm wie moglisch zu machen.«

»Angenehm wäre mir, wenn ich zu Hause wäre.«

Geneviève nimmt die Lesebrille mit den großen goldumrandeten Gläsern auf, die zu ihren Ohrringen passt, und setzt sie auf. Dann öffnet sie die Mappe und holt eine Seite von einer Zeitung heraus.

Heera erkennt sie als die Lokalzeitung der Stadt, in der sie gelebt hat.

»Das Problém is, dass Sie tot sind.«

Geneviève überreicht ihr die Seite und tippt auf eine kleine Anzeige am Rande, deren Schlagzeile lautet:

Unfall im Flughafen von Frankfurt a. M. kostete Leben!

Heera kann nicht alles lesen, nur ein paar Wörter springen ihr ins Auge:

Gasexplosion ... Frankfurt ... tragischer Tod ... Heera und Sona Ayran.

Heera hat das Gefühl, keine Luft zu bekommen, deswegen wispert sie:

»Das könnt ihr doch rückgängig machen. Ich bin ja nicht tot.«

Geneviève holt ein Foto aus der Mappe. Kurz wirft sie selbst einen Blick darauf, dann nimmt sie die Brille ab und legt das Bild auf den Tisch.

Heera war bewusst, dass sie Mac ähnlich sieht, aber so haargenau? Das hätte sie nicht gedacht.

Unbewusst nimmt Heera das Bild in die Hand und guckt genauer hin.

Nur die Augen sind anders, ansonsten stimmt alles überein: die Lippen, die Nase, das ovale Gesicht und sogar die Wangenknochen.

»Na und?« Heera wirft das Bild auf den Tisch vor ihr. »Ihr seid doch der Geheimdienst ... Regierungs-Krimskrams ... Spione oder so was

Ähnliches ... ihr könnt mich doch mit einer guten Geschichte zurückschicken. Das macht James Bond andauernd.«

Das ist das erste Mal, dass Alistair nicht ganz so ernst daher schaut.

»Das Bilderkennungssystem ...«, steigt Roy in die Unterhaltung ein. »Und wir haben es selbst hundert Mal ausprobiert ... es zeigt Sie als Mac an.«

»Na und?«, wiederholt Heera.

»Wenn Sie nach 'ause gehen, werden Sie getötet«, äußert Geneviève nüchtern.

»Unsere Kollegin hat den Plan durchschaut und es vereitelt.« Roy klingt stolz.

»Na, eigentlich nicht, die Bombe ist doch hochgegangen«, wirft Heera skeptisch ein.

»Die sollte mitten im Flughafen hochgehen ...«, äußert sich Alistair scharf und sieht sie streng an. »Wo viele Menschen wären.«

Roy legt eine Hand auf seinen Arm und sagt zu Heera:

»Die Attentäter sind auf Rache aus. Und da Sie ...«

»Da ich den Peilsender hatte, denken die, ich bin sie«, vollendet Heera den Satz von Roy und zeigt auf das Bild vor ihr.

Geneviève legt das Bild zurück in die Mappe und legt ihre Brille darauf.

»Zur Explosionszeit war ich doch gar nicht in

der Nähe.« Ein Funke Hoffnung facht in Heera auf.

»Das ist richtig.« Roy spricht sanft. »Wir konnten eine Unterhaltung auffangen, die von dem Attentäter zu seinen Mitschreitern ging.« Er holt ein kleines Diktiergerät heraus.

»*Scheiß Agenten*«, spricht ein Mann aus dem Gerät.

Dann sagt eine weibliche Stimme: »*Ich bin wirklich neugierig.*«

Roy drückt auf Stopp.

»Da die Täter wissen, was Mac war, denken die, wir haben die Kameras manipuliert. Und wenn Sie als Heera wieder a*uferstehen* ...«

»Bin ich auf das Neuste todgeweiht!« Heera flüstert, jedoch hört man ihre Enttäuschung und Trauer heraus.

Alle schweigen eine Weile, bis Heera fragt: »Für wie lange?«

Keiner antwortet.

Jegliche Hoffnung entweicht aus Heera und ihre Atmung kommt stoßweise.

Logisch versteht sie es, aber emotional ...

Ihre Gefühle überschlagen sich gerade und die Worte von Geneviève gehen in einem lauten Rausch unter.

»For erst konnan Sie 'ier im Safe 'aus bleiben und dann antscheiden Sie, wo Sie leben wollen.«

Sie legt eine Hand auf Heeras, doch Heera zieht sie zurück.

»Wir geben Ihnen alles, was Sie für einen Neuanfang brauchen: eine neue Identität«, sagt Roy.

»Ich hoffe mit einem Vor- und Zunamen.« Heera steht abrupt auf und ihre Stimme ist laut. »Habt ihr alle keine Nachnamen?«

Aufgebracht stürmt sie aus dem Zimmer in den Speisesaal und holt Sona.

In ihrem Zimmer macht sie erst mal das Fenster auf, um Luft zu bekommen. Sie hat das Gefühl, gleich zu ersticken. Sie atmet tief ein, dabei laufen ihr die Tränen nur so über das Gesicht. Sona stellt sich neben sie.

»Mama!«

Sie wischt schnell ihre Tränen weg und beugt sich zu ihr.

»Sona, wir können nicht nach Hause gehen.« Die Tränen fließen wieder. »Du wirst es nicht verstehen«, sagt sie mehr zu sich selbst.

Sona zeigt ihr einen MP3-Player.

»Hat Pia mir gegeben.«

Heera nickt und Sona setzt die Kopfhörer auf. Sie ist noch zu klein, um zu verstehen, was vor sich geht. Wahrscheinlich denkt sie, dass sie im Urlaub sind.

Neben dem Fenster steht ein Sessel, wo Heera erschöpft zusammensackt und versucht, ihre Atmung und Gefühle unter Kontrolle zu bekommen, doch es gelingt ihr nicht, sie weint hemmungslos.

Ich kann nicht nach Hause!

Ihr Herz zieht sich zusammen.

Ich werde nie wieder meine Freunde und Familie sehen!

Ihr Schluchzen wird lauter.

Ich bin ganz alleine!

Angst überkommt sie und sie schnappt nach Luft, als würde sie ertrinken.

Das Klopfen an der Tür holt sie aus ihren Gedanken und lenkt sie ab, sodass ihre Atmung ruhiger wird.

Sie sieht zu Sona, die mit den Kopfhörern im Bett liegt und ab und zu mit dem Kopf wackelt.

Es klopft wieder und Heera ignoriert es. Sie hat jetzt keine Lust, ihr Leben zu planen, wenn es gerade in Scherben liegt.

Mit dem dritten Klopfen ruft jemand: »Ich bin's, Pia.«

Nach kurzem Zögern sagt sie: »Komm herein.«

Pia nimmt einen Stuhl und setzt sich ihr gegenüber, neben das Fenster.

Still sitzen die Frauen eine Weile da, bis Heera fragt: »Wolltest du was?«

Sie hat keine Kraft, um die Etikette aufrechtzuerhalten. Pia schüttelt den Kopf.

Wieder sitzen sie schweigend da.

Heera kann nicht umhin, zu sehen, dass Pia auch geweint hat.

Allerdings trägt sie nicht das übliche Schwarz, sondern hat ein verblichenes graues T-Shirt und Jogginghosen an. Ihr blonder Haarknoten hängt schlaff herunter und ein paar Strähnen haben sich gelöst.

»Wie habt ihr's gemacht, dass auch Sona tot gilt?« Heera versucht, alle Puzzleteile zusammenzukriegen.

Da Mac ihre Handtasche hatte, ist es logisch, dass die Polizei glaubt, sie sei Mac.

Doch Sona?

»Roy hat die DNA in der Nähe von dem Behälter verstreut und gesagt, dass ihr Körper in Asche aufgegangen ist.« Ihre Stimme ist gleichgültig.

Heera hat Schwierigkeiten, ihr zu folgen. »Roy hat DNA von Sona?«

»Hmm.«

»Woher?«

»Aus eurer Wohnung.«

»Man, seid ihr schnell.« Sie kann nicht anders, als Bewunderung zu empfinden.

»Hmm ... das sind wir«, sagt Pia ausdruckslos.

»Warum war *ich* in dem Frachtraum?« Heera hat mitgehört, dass dort die Explosion war.

»Verirrt«, antwortet sie, ohne Heera anzusehen.

»Die Polizei glaubt euch aber auch jeden Scheiß.«

»Was sollen sie sonst machen?« Pia zuckt mit den Schultern, als ob das das Normalste der Welt wäre. »Wir haben Hunderte von Leben gerettet.«

Mac!

Mac hat viele Leben gerettet, denken Heera und Pia, aber sie sprechen es nicht aus.

»Sollst du mit mir mein *neues* Leben durchgehen?«

Das erste Mal schaut Pia sie an. »Ich sollte gar nicht hier sein.«

Heera sieht, wie ihre grünen Augen feucht werden.

»Ich wurde für solche Situationen ausgebildet«, fängt Pia an. »Und ich habe einige Kollegen im Dienst verloren, aber ...« Ihre Stimme versagt.

»Wie unsensibel von mir, dass ich euren Verlust nicht sehe«, murmelt Heera.

»Wir können ihn sonst ja auch sehr gut verbergen«, rechtfertigt sich Pia und wischt ihre Nase an ihrer Schulter ab.

Heera steht auf und holt ihr Taschentücher. »Bitte rotz nicht dein so schickes T-Shirt voll.«

Lächelnd nimmt Pia die Taschentücher und ihr Blick fällt auf Heeras Bluse, die voller weißer Flecken ist.

»Du bist nicht unsensibel.« Pia schnäuzt ins Tuch. »Du hast ja selber viel zu verdauen.«

»Ich bin wütend auf Mac«, sagt Heera unverblümt.

»Ich auch.«

Heera guckt sie fragend an.

»Sie hat mich hier alleine gelassen.« Ihre Augen wirken wie flüssige Smaragde. »Sie war meine beste Freundin ...« Tränen strömen über ihre Wangen. »Sie war meine Schwester ... meine Seelenverwandte.« Sie legt ihr Gesicht in ihre Hände und weint lautlos.

»Ich bin sicher, dass das Gleiche auch meine Freundin sagen würde, dabei bin ich gar nicht tot.«

Pia schaut zu ihr und gibt ihr ein Taschentuch. Sie weinen lächelnd zusammen.

»Heera, ich kann mir nicht vorstellen, was du gerade durchmachst.«

»Genau wie ich.«

»Doch! Du verstehst mich besser als meine Kollegen.« Pia wischt sich übers Gesicht. »Sie wollen, dass ich einfach so weitermache.« Sie wird laut. »Zu einer Beerdigung hingehe. Mit leerem Grab.« Aufgebracht steht sie auf. »Nicht, dass ich das nicht schon mal gemacht habe.« Sie fuchtelt mit den Armen. »Aber das hier ist was anderes.«

»Natürlich ist es das!«, bestätigt Heera.

»Siehst du, du verstehst mich.« Unruhig läuft sie im Zimmer herum. »*Sie* hätte mich auch verstanden.«

Sie weint wieder und holt aus der Hosentasche einen Flachmann. Nach einem kräftigen Schluck streckt sie ihn Heera entgegen, doch sie winkt ab.

»Sie verstand mich ohne Worte ... *sie* und ich haben stundenlang reden können ... sogar über Alistairs Schwanz ... Größe ... Länge ...«

Plötzlich knallt sie sich ihre Hand auf den Mund und guckt zu Sona, doch sie ist mit dem Kopfhörer eingeschlafen.

»Der Jüngling?«, fragt Heera.

Beide lächeln verkniffen und wischen ihre Tränen weg. Pia setzt sich wieder in den Stuhl und lallt:

»Ich hab schon etwas intus.«

»Das sehe ich.«

Wieder muss Pia lächeln. »Danke!

»Ich hab zu danken.«

»Ich sollte etwas schlafen.«

»Gute Idee!«

2010

»Heera, ich hab dir Eiswürfel mitgebracht«, ruft Marya von der Tür aus. Sie hat Heera ins Krankenhaus gefahren, als der Abstand der Wehen sich verkürzt hatte.

»Ich hab brutale Schmerzen, ich glaub, ich werde sterben.« Heera steht breitbeinig da und hat die Ellenbogen aufs Bett gestemmt.

»Ich darf dich erinnern, dass du das schon mal gemacht hast und nicht tot bist.« Marya hat sich in einem Sessel hingesetzt und lutscht einen Eiswürfel.

»Ich darf dich erinnern, dass ich damals noch sooo jung war.« Sie beißt die Zähne zusammen, als die Wehe sie überrollt.

»Du bist immer noch jung«, beruhigt Marya sie und bindet ihre schwarzen Haare zusammen. »Was hat die Hebamme gesagt, als ich draußen war?«

»Der Muttermund ist weich und ist sechs Zentimeter geöffnet.« Heera richtet sich auf. »Verdammt! Wieso dauert es so lange?«

»Die Kinder haben gegessen und ich habe meinem Mann gesagt, dass sie jetzt fernsehen dürfen. Heute können wir mal eine Ausnahme machen.« Marya weicht der Frage aus.

»Ich hoffe, es ist heute noch vorbei!« Heera atmet wieder regelmäßig.

»Haben die Schmerzen nachgelassen?«

»Sieht ganz so aus.« Sie wischt sich den Schweiß von der Stirn. »Ich will mal an die frische Luft gehen.«

»Jetzt?«, fragt Marya ungläubig.

»Wenn nicht jetzt, wann dann?«

Im Garten des Krankenhauses macht Heera ein paar Schritte und setzt sich auf eine Bank, dann spricht sie mehr zu sich selbst:

»Mit Sona war es genauso. Plötzlich haben die Wehen aufgehört.«

»Bei meinem ersten Sohn hat es auch lange gedauert, aber der Zweite flutschte heraus.«

»Mit dem Geburtsschmerz war auch der Stress mit Sonas Vater verbunden.«

Marya legt eine Hand auf ihre und Heera legt die zweite Hand darüber.

»Die Zeit mit Sona alleine war schön, es gab viele Hochs und einige Tiefen.« Sie legt ihre Hand auf ihren Bauch. »Die Zeit danach mit den Agenten war nicht ohne.«

Beide lächeln vielsagend.

»Eins habe ich erkannt: dass man nicht immer weiß, was gut für einen ist. Sonst würden wir ja nicht aus unseren Fehlern lernen. Wir sind dumme und schwache Menschen, die ihre Er-

fahrungen machen *müssen*. Es wäre nur ver-
geudet, wenn wir nicht dadurch lernen würden.«

»Apropos dumm, wo bleibt denn dein Mann?«

Heera stöhnt auf. »Ich glaub, wir sollten wieder
reingehen.«

»Warte hier, ich hol dir einen Rollstuhl.« Marya
rennt in den Eingangsbereich und rempelt jemanden um. »Oh, entschuldigen Sie.« Als sie
sich zu ihm umdreht, erkennt sie ihn.

»Oh, hallo Alistair.«

Heera hat nicht damit gerechnet, dass Pia in ihrem Bett einschläft, als sie sagte, sie wolle etwas schlafen.

Heera nimmt die Kopfhörer aus Sonas Ohren und deckt sie zu. Bei Pia nimmt sie den Flachmann aus der Hand und deckt auch sie zu.

Gerade als sie sich wieder in den Sessel breitmachen möchte, meldet sich ihr Magen. Sie blickt auf die zwei Schlafenden und denkt, dass sie schnell was zu essen holen könnte.

Leise geht sie die Treppen hinunter und hofft, keinen der Agenten, die sie kennt, zu treffen.

In den Speisesaal späht sie vorsichtig hinein und tritt herein, als sie ihn leer vorfindet.

Rechts sieht sie den großen Esstisch, an dem zwanzig Leute Platz haben. Auf der linken Seite geht die Schwingtür auf und eine kleine, aus Indien stammende Frau kommt heraus.

Sie hat ein paar kleine Teller in den Händen und begrüßt Heera:

»Hi!«

Heera nimmt es nicht für selbstverständlich, dass auch sie Deutsch sprechen kann, und kramt ihre Englischkenntnisse aus der hintersten Ecke ihres Gehirns heraus.

»Hi, can I have a …«

»Kannst du Hindi?«, unterbricht sie sie in indischer Sprache und stellt die Teller auf den Tisch.

»Jaa!« Heera ist so erleichtert. »Ich kann Urdu.«

Sie winkt ab. »Das ist das Gleiche.«

Bestätigend nickt Heera.

Die Sprache der Pakistani, Urdu und Hindi, sind Schwester-Sprachen.

»Alka heiße ich.«

Sie holt aus dem Schrank am Fenster eine Box heraus und stellt sie auch auf den Tisch.

»Ich bin Heera.« Ihr Magen will auch bedacht werden und knurrt um die Wette.

»Ah, ich hör schon.« Alka lächelt breit.

»Es duftet hier so gut«, sagt Heera verlegen.

»Mein Essen duftet immer gut. Ich mache für das Abendessen Chicken-Biryani, das noch nicht fertig ist. Aber du kannst den Lamm-Eintopf von gestern haben.«

Bevor Heera was sagen kann, ist Alka schon durch die Schwingtür verschwunden, was Heera erlaubt, einen kurzen Blick in die Küche zu werfen: drei Küchenmützen kann sie an einer breiten Arbeitsfläche ausmachen und an der Wand drei oder vier große Herde.

Zwei Minuten später ist Alka wieder da. »Setz dich … setz dich.« Sie stellt den dampfenden Teller vor Heera ab, der bereits das Wasser im Mund zusammenläuft.

Schon der erste Bissen, der in ihrem Magen landet, gibt ihr Kraft. Sie isst schweigend, bis sie Alka fragt:

»Bist du auch eine Agentin?«

»Oh Gott, nein!« Sie holt aus der Box silbernes Besteck heraus und poliert es mit weißen Handschuhen. »Ich koche nur.« Sie setzt sich neben Heera und legt die polierte Gabel auf den Tisch. »Ich war zehn, als meine Mutter starb. Meine Oma war alt, also hab ich für die ganze Familie gekocht«, plaudert sie drauflos. »Mit zwanzig bin ich auf die Kochschule in Frankreich gegangen und lernte den jungen Roy kennen.« Sie kichert wie ein kleines Mädchen.

Heera blickt das erste Mal von ihrem Teller auf.

»Nicht so *kennen*. Ich bin ja zwölf Jahre älter als er.« Alka wird leicht rot. »Er erzählte mir von der International Agency und fragte, ob ich Lust hätte, für die zu kochen.«

Heera betrachtet sie genau: Ihre glatten schwarzen Haare sind zu einem Zopf gebunden. Sie trägt indische Tracht, eine dunkelblaue Shalwar-Kamiz und eine weiße Schürze um die Hüfte.

»Lebst du hier?«, fragt Heera sie.

»Ja! Vor zwei Jahren ist mein Mann verstorben ... Gott segne ihn. Danach bin ich von der Schweiz hergezogen.«

Heera will erst fragen, wo hier ist, stattdessen fragt sie: »Lebt Roy auch hier?«

»Nein, nein, Roy, Kay, Pia und die verstorbene Maac ...« Sie zieht das A in die Länge. »... leben in Norwegen. Sie arbeiten in den naheliegenden Ländern.« Sie steht auf und holt drei Kerzenständer heraus und poliert sie auch. »Übrigens, die Verstorbene sah dir sehr ähnlich. War sie deine Schwester?«

Heera nickt, um keine weiteren Fragen zu beantworten.

»Das tut mir leid!«

Wieder nickt sie nur.

»Der Tod ist immer scheiße.« Alka verteilt die Teller und das Besteck auf dem Tisch. »Aber gutes Essen hilft immer.«

Heera kann ihr zustimmen. Das Essen hat ihr gutgetan und ein paar Informationen über die Agenten auch.

»Das Haus hier ist ja ein großes Hotel«, erzählt Alka weiter. »Hier lebt keiner, nur auf der Durchreise.« Sie legt die Kerzenständer in die Mitte des Tisches. »Manche bleiben ein paar Stunden, manche ein paar Tage oder Wochen. Aber morgen kommen viele Agenten.« Sie sieht Heera an. »Aber das weißt du ja.«

Heera schüttelt ihren Kopf.

»Da Maac hier begraben wird.« Sie quatscht gerne, daher fragt sie auch nicht, warum Heera das nicht weiß. »Zehn Kilometer von hier entfernt ist ein Friedhof. Wirst ja sehen.«

Oh Mist!

Heera hat nicht bedacht, dass sie nicht auf die Beerdigung gehen wird. Ihre Lüge bekommt Risse.

»Und da so viele Leute kommen, um ihr die letzte Ehre zu erweisen, wird das Haus voll sein.« Freude schwingt in ihren Worten mit. »Heute hab ich mich für Biryani entschieden und morgen will ich Pasta machen. Roy liebt italienische Küche.« Sie kichert wieder. »So, jetzt will ich mal nachschauen, was mein junges Personal so macht. Kann ich dir einen Tee oder Kaffee machen?«

»Ein Kaffee wäre schön und vielen Dank für das leckere Essen.«

Alka lächelt breit und guckt auf die Uhr. »Oh man, schon fast vier Uhr.« Sie huscht in die Küche und kommt mit einem Becher Kaffee zurück. »Wenn du noch ein paar Tage hier bist, können wir uns ja wieder unterhalten.«

»Das wäre schön«, sagt Heera und nimmt den Kaffee entgegen.

»Biryani gibt es um acht Uhr.« Alka verschwindet wieder in der Küche.

Heera will gerade die Treppen hochlaufen, als sie die offene Tür zum Wohnzimmer sieht. Sie späht hinein und findet den Raum verlassen vor. Kurz will sie sich hinsetzen und in Ruhe ihren Kaffee trinken. Dann fällt ihr Blick auf den Fernseher, der bestimmt siebzig Zoll misst, und Heera fragt sich zwei Sachen: Was wohl gerade läuft? Und ob es ihr einen Hinweis geben kann, wo sie sich gerade befindet.

Sie wollte Alka nicht in Schwierigkeiten bringen und sie nicht noch mehr ausfragen, wobei sie ja von sich aus viel erzählt hat.

Heera stellt ihre Tasse auf den Couchtisch und sucht nach der Fernbedienung, die neben dem Fernseher liegt.

Wer legt die Fernbedienung neben den Fernseher?

»Doch nur diejenigen, die nicht fernsehen«, sagt sie und will einschalten, als eine Stimme hinter ihr spricht:

»Das würde ich lassen!«

Vor Schreck lässt sie die Fernbedienung fallen.

»Oh, ich hab Sie erschreckt«, entschuldigt sich Kay.

»Und das nicht zum ersten Mal.«

Sie hebt die Fernbedienung auf und hat ihm immer noch den Rücken zugekehrt.

»Sie wollen nicht sehen, was da gerade läuft.«

Heera dreht sich zu ihm um. Er hängt sein Sakko auf einen Stuhl und setzt sich auf den Sessel, in dem sie heute Morgen gesessen hat.

»Wieso? Ich würde herausfinden, wo ich gerade bin.«

»Das würden Sie nicht.«

Er sieht sie eindringlich an und Heera wird klar, was er meint.

»Auf einem Bildschirm, der fast Kinoformat hat, seine eigene Todesnachricht zu sehen ... das erlebt man ja auch nicht jeden Tag, oder?« Nach kurzem Zögern legt sie jedoch die Fernbedienung wieder neben den Fernseher und fuchtelt mit der Hand herum. »Verzeihen Sie, ich bin zurzeit etwas gereizt.«

»Das ist verständlich.«

Sie setzt sich ihm gegenüber in den Sessel und nimmt ihre Tasse in die Hand.

»Ich finde, dass Sie die Situation gut handhaben«, sagt er aufrichtig. »Sie sind tapfer.«

Mit Komplimenten konnte Heera nie so gut umgehen, also lächelt sie und macht eine wegwerfende Handbewegung.

»Sie haben ja auch schnell die Situationen gehandhabt.« Sie nickt zu seiner Hand, wo der Ehering fehlt.

Er folgt ihrem Blick und legt die Ellenbogen auf die Oberschenkel.

»Natürlich geht es mich nix an«, sagt sie schnell. »Jeder muss wissen, wie er mit Trauer umgeht.«

»Wenn ich Ihnen das erzähle, müssen wir uns duzen.«

Sie nickt und nimmt einen Schluck.

»Sie war nicht meine Ehefrau.« Plötzlich fällt

ihm auf, dass er seit gestern ihren Namen nicht gesagt hat. »Mac war meine Kollegin, meine Partnerin.« Er senkt den Blick. »Sie war eine Freundin, die es so nicht gegeben hat ...« Seine Stimme versagt.

Sie stellt ihre leere Tasse auf den Couchtisch und flüstert: »Ich wünschte auch, dass sie noch leben würde.«

Kay richtet sich wieder auf und lehnt sich im Sessel zurück.

»Ich weiß nicht, ob auf meine Beerdigung so viele Menschen kommen würden wie auf ihre.« Er lächelt stolz. »Alle Agenten lassen alles stehen und liegen und kommen morgen, um ihr zu gedenken.«

»Ja, habe ich gehört.«

Fragend schaut er sie an und sie nickt zur gegenüberliegenden Tür des Speisesaals.

»Hat Alka wieder aus dem Nähkästchen geplaudert!?«

»Eher aus dem Besteckkästchen.«

Leise lacht er, jedoch bleibt sie ernst.

»Ich hab was Dummes gesagt.«

»Das glaube ich nicht.«

»Ich hab gelogen und ihr gesagt, dass Mac meine Schwester war. Weil ich nicht wollte, dass sie weiter darüber spricht.«

»Verständlich.«

Beide schweigen kurz, bis sie sagt:

»Ich hab mal über einen Mann gelesen, der als lebender Lügendetektor bezeichnet wird: Auriel Winchester ... bestimmt haben S ... bestimmt hast du von ihm gehört.«

Er schüttelt seinen Kopf.

»Na, auch egal. Sein Gehör ist so gut, dass keine Lüge ihm entgeht. Bei mir hätte er gar keine Mühe.« Sie lächelt verlegen. »Was mache ich jetzt mit Alka?«

»Keine Sorge, ich kläre das.«

Sie steht auf und nimmt die Tasse in die Hand. Er erhebt sich ebenfalls und sagt:

»Um deine Frage zu beantworten, warum wir keine Nachnamen haben.«

Sie winkt verlegen ab.

»Manche von uns haben bei der Geburt keinen bekommen, obendrein tragen wir ständig Deck-namen.« Er nimmt ihr die Tasse aus der Hand. »Daher stellen wir uns aus Gewohnheit mit unseren Vornamen vor, die sind die einzigen, die uns gehören. Aber wenn es dir angenehmer ist: Ich heiße Kay Xander.«

An der Tür angekommen, sagt sie: »Ich würde auch gern meinen Vornamen behalten wollen.«

»Das lässt sich sicherlich machen.«

»Danke.« Sie nickt zu der Tasse.

»Ich muss sowieso in die Küche.«

Am Morgen kommt Heera mit Sona in den

Speiseraum und sieht ungefähr fünfzehn neue Agenten an dem Tisch sitzen.

Sie hatte gestern Biryani verpasst, da sie so müde war, und als Pia verschlafen mit ihrem Flachmann in ihr Zimmer gegangen ist, ist Heera ins Bett gefallen.

Jetzt haben sie und Sona Hunger, allerdings haben sie nicht bedacht, dass schon Agenten für die Beerdigung da sein würden, die sie wieder anstarren.

Heera steht unschlüssig da, als Alka zu ihr eilt und sagt:

»Hallo, was für eine süße Tochter du hast.« Sie beugt sich zu Sona herunter. »Hast du Hunger?«

Schüchtern nickt Sona nur.

»Oh wie schön, sie versteht Hindi.«

Heera nickt wie betäubt, weil die Blicke immer noch auf ihr ruhen.

»Kindchen, komm ... ich hab auch eine Tochter ...«, plaudert sie drauflos. »Sie ist schon über zwanzig und studiert in Amerika. Irgendwas mit Psychologie ... diese neuen Berufsbezeichnungen, ich komme da net mit ... setz dich, setz dich ... ich hol dir Paratha.«

Bei Paratha horcht Heera auf.

Es handelt sich um ein typisches flaches Brot, in Öl gebraten.

Ihr läuft schon das Wasser im Mund zusammen, aber sie schluckt es herunter und setzt sich an den Tisch.

Ein junger Mann, der nicht älter als zwanzig ist, sitzt ihr gegenüber und sieht sie unverhohlen an.

»Das nächste Mal verlange ich Eintritt«, sagt sie und guckt ihn an.

Ein paar Agenten lächeln und auch sein Gesicht entspannt sich.

»I would pay for it, wan isch seh *ihr* Gesicht.«

Eine Frau, die ein paar Stühle weiter sitzt, fängt lautlos an, zu weinen.

Kay steht auf, geht zu der Frau, aber spricht zu Heera:

»Du musst verzeihen ...«

»Ich bitte dich«, unterbricht sie ihn. »Ich verstehe das.«

Nach dem anstrengenden Frühstück und der ständigen Beobachtung geht Heera die Treppen hoch, als Alistair eilig die Treppen herunterkommt und ihr Blick auf seinen Schritt fällt. Sie muss an das denken, was Pia gesagt hat.

»Hallo!« Er läuft an ihr vorbei, ohne ihren Blick zu bemerken.

»Hey!«, begrüßt sie ihn etwas lauter als beabsichtigt. »Welches ist Pias Zimmer?«, ruft sie ihm hinterher.

Pia ist nicht zum Frühstück erschienen, und da sie gestern etwas viel getrunken hat, will Heera nach ihr sehen.

Er bleibt stehen, deutet nach oben auf ein Zimmer am Treppenende und läuft schnell weiter.

Pias Zimmer liegt nur ein paar Türen weiter, daher beschließt sie, zuerst Sona in ihr Zimmer zu bringen. Sie gibt ihr wieder den MP3-Player und macht die Zimmertür ganz auf.

»Ich bin gleich hier vorne«, sagt sie zu Sona.

Sie will ihrem Kind Pias Anblick ersparen und vielleicht ist es auch Pia unangenehm, so gesehen zu werden.

Unentschlossen steht Heera noch im Türrahmen.

Das Haus ist voll von Agenten ... hier ist sie sicherer als sonst wo.

Zögernd geht sie zu Pias Zimmer, bevor sie sich weiter in ihre Angst hineinsteigert. Das tun Mütter sehr oft.

Sie klopft, aber bekommt keine Antwort. Vorsichtig dreht sie am Türknauf und die Tür geht auf.

Im Zimmer ist es dunkel und es stinkt nach Alkohol.

»Pia, ich bin es.«

Ein Grummeln kommt von Pia.

»Du musst jetzt aufstehen«, flüstert sie.

»Geh weg!«

»Na gut, ich wollte es ja sanft machen, aber du lässt mir keine andere Wahl.« Heera schiebt die Vorhänge beiseite.

»Was willst du?«, knurrt Pia.

»Nix. Du *musst* heute zu einer Beerdigung.« Sie öffnet den Schrank.

»Ich geh nicht hin!«

»Was willst du anziehen?«, fragt Heera, ohne auf ihre Bemerkung einzugehen.

»Nix«, grummelnd zieht sie die Decke über den Kopf.

»Ja ... also ... das kommt nicht sooo gut bei einer Beerdigung an ... zieh wenigstens einen Slip und BH an.«

»Lass mich in Ruhe!«

Heera atmet tief ein und setzt sich neben ihr aufs Bett.

»Mein Vater ist eines Nachts eingeschlafen und morgens nicht aufgewacht.« Heera zieht ihre Beine an und legt die Arme darum. »Ich war dreiundzwanzig und meine Welt ist zusammengebrochen.«

Pia lugt aus der Decke heraus.

»Ich kam an, als die Sanitäter dabei waren, zu packen.« Heera schluckt. »Ich sah meinen Vater still daliegen, aber ich konnte nicht weinen, bis meine Freundin kam und mich in die Arme nahm.«

Träge setzt sich Pia hin.

»Du bist gestern zu mir gekommen und hast mit mir geweint.« Heera dreht sich zu ihr. »Somit sind wir Freundinnen und als Freundin sage ich dir: DU *MUSST* ZU DIESER BEERDIGUNG!«

»Ich kann nicht.« Pia senkt ihren Kopf.

»Du wirst es bereuen«, sagt Heera streng.

»Wäre nicht die erste Sache.«

»Würde Mac das wollen?«

»Sie ist nicht da.« Verbittert dreht sie ihren Kopf weg.

»Ich geh mit dir.«

Pia macht große Augen.

»Also, was willst du neben Slip und BH noch anziehen?«

»Schuhe!«

»Uh la la, da wird mir ja schon heiß. Was würden die Männer dazu sagen?« Schmunzelnd steht sie auf und geht zur Tür.

»Heera! Ich geh zu dieser B ...« Das Wort verschluckt sie. »Du musst nicht mit, wenn du nicht willst.«

Leise macht Heera die Tür auf. »Ich geh hin!« Im Türrahmen stehend spricht sie leise: »Um einer Heldin die letzte Ehre zu erweisen.«

Schön und gut, dass ich mich bereit erklärt habe, auf die Beerdigung zu gehen, ohne dass ich weiß, was ich anziehen soll.

Heera sitzt mit Sona im Garten. Es ist ein sonniger Tag, aber es ist kühler als in Deutschland.

Verdammt, wo bin ich?

»Was denkst du, Sona, kann man mit so einem Schweinchenrosa zur Beerdigung gehen?«

Sie zeigt auf ihren zwei Nummern größeren Pullover.

Sona lächelt und nickt. Heera muss auch lächeln. Eine Fünfjährige nach Mode zu fragen, ist nicht gerade schlau.

»Pia ist zu groß, da kann ich auch gleich das anlassen, und Alka ist zu klein.« Sie redet mit Sona, doch sie pflückt weiter die Blumen.

»Und außerdem trägt sie nur Shalwar-Kamiz.« Heera legt sich ins Gras. »Ich fall sowieso auf und mit Shalwar-Kamiz noch mehr.«

Plötzlich fällt ihr etwas ein: »*Wir geben Ihnen, was Sie brauchen.*«

Geneviève!

Sie schnappt sich Sona und läuft in die Villa.

»Sie kommt heute Nachmittag zur Beerdigung zurück«, sagt Alistair, nachdem sie ihn nach Geneviève gefragt hatte.

Mit gesenktem Kopf geht sie ins Wohnzimmer und gibt Sona ein Buch mit Bildern drin.

Dann muss ich doch Pia um Kleidung bitten.

Sie ist so in Gedanken versunken, dass sie nicht merkt, wie Kay ins Zimmer kommt.

»Guten Tag, die Damen.«

Heera nickt nur und er geht auf Sona zu und gibt ihr die Hand. Schüchtern legt sie ihre in seine.

»Was liest du da Schönes?«

»Ich kann nicht lesen«, sagt sie selbstsicher.

»Guckst du dir die Bilder an?«

Kay konnte mit fünf schon lesen. Sona nickt und er schaut zu Heera, die wieder in Gedanken versunken ist.

»Alles ok?« Er setzt sich in den Sessel ihr gegenüber und fügt noch hinzu: »Außer, dass du deiner Heimat entrissen worden bist.«

Jetzt erst sieht sie ihn an und ein Lächeln huscht über ihre Lippen.

»Ich brauche Klamotten, um auf die Beerdigung zu gehen.«

»Du willst dahin?«, fragt er überrascht.

»Ich begleite Pia.« Auf einmal fällt ihr etwas ein. »Es sei denn, ihr wollt nicht.« Sie richtet sich im Sessel auf. »Ich hab gar nicht daran gedacht, dass ihr vielleicht nicht wollt ... aber Pia war so ... und ich dachte, ich sollte hingehen ... ich kannte sie nicht, aber bei uns ist jeder willkommen ... aber wenn es nicht geht ...« Sie redet ohne Punkt und Komma.

»Es wäre uns ... mir eine Ehre, wenn du dabei bist«, unterbricht er sie.

Erleichtert lehnt sie sich zurück.

»Das mit der Kleidung kann ich erledigen, dafür brauche ich deine Konfektionsgröße.«

»Ist es nicht zu spät? Die Beerdigung ist in drei Stunden!«

»Du weißt nicht, was man alles in drei Stunden machen kann.«

Lächelnd holt er einen Block von der Kommode, die unter dem Fernseher steht. Einen Block mit Buntstiften gibt er Sona und schaut Heera fragend an.

»Ich kenne nur meine Größe in deutschen Maßen.«

Verständnisvoll nickt er.

»Ich trage zwischen sechsunddreißig und achtunddreißig.«

Fleißig schreibt er alles auf.

»Ich möchte bitte eine Bluse und eine Hose. Schwarz, versteht sich von selbst. Ach, und ich möchte ungern meine blauen Nike darunter tragen.«

Wieder lächelt er sie an. »Pumps?«

»Meine Schuhgröße ist siebenunddreißig und der Absatz sollte zwischen drei und fünf Zentimetern sein.«

»Wie groß bist du?«, fragt er, vertieft im Schreiben.

»Hey ... hey!«

Konfus guckt er sie an.

»Du darfst mein Gewicht wissen, sogar mein Alter, aber nicht meine Größe.«

Breit lächelnd fragt er: »Ist das nicht umgekehrt bei Frauen?«

»Kann sein!« Wie ein Kind zuckt sie mit den Schultern. »Bei mir ist es anders.«

»Gut, dann schätze ich mal.«

»Was die meisten falsch einschätzen.«

»Ich bin in einer Stunde wieder da.«

»Ähm, Kay?« Sie steht mit ihm auf.

»Ja!«

»Kann ich mal den Block haben?«

»Klar.«

Er reißt die Seite heraus und gibt ihr den leeren Block. Sie guckt ihn genervt an.

»Ich schreib dir noch eine Sache auf, die ich dir so nicht sagen kann.«

»Ah, ok!«

Sie will endlich mal Unterwäsche tragen, die ihr passt. Mit leicht roten Wangen gibt sie ihm den Zettel zurück. Er faltet ihn, ohne ihn zu lesen.

»Ich gebe es der Verkäuferin.«

Erleichtert bedankt sie sich.

Alka kommt ins Wohnzimmer und setzt sich neben ihr auf die Couch.

»Vielen Dank für die leckeren Parathas.«

»Du hast nur eins gegessen.«

»Ja, weißt du, ich stand unter Beobachtung.«

»Das habe ich gemerkt.«

»Alka, ich muss mich noch bei dir entschuldigen ...«

Mit wedelnder Hand unterbricht sie sie. »Ist schon vergessen.«

»Danke!«

»Ich hab dir Biryani aufgehoben.«

Heeras Augen strahlen und sie nickt kräftig. »Ich sollte etwas essen, bevor ich zu der Beerdigung gehe.«

»Du gehst hin?«

»Ich denke, ich geh für mich hin ... um abzuschließen ... um mich zu *begraben*.« Sie guckt zu Alka. »Klingt makaber, oder?«

»Finde ich nicht. Du kanntest sie nicht und du gehst hin, das zeigt, dass du langsam dein Schicksal akzeptierst.«

»Na, so tiefgründig würde ich das nicht sehen«, sagt sie verkrampft. »Ich weiß nur, wenn ich wieder nach Hause gehe, würde ich meine Freunde und Familie in Gefahr bringen.« Sie atmet tief ein. »Ich müsste ständig in Angst leben und meine Tochter wäre nie in Sicherheit.«

»Das Schicksal einer starken Frau ist es, harte Entscheidungen zu treffen.«

»Danke«, sagt sie verlegen und sieht zu Sona.

Als Mutter muss sie das tun, was gut für ihr Kind ist, auch wenn sie es heute nicht versteht.

»Nimmst du Sona mit?« Alka holt sie aus dem Grübeln heraus.

»Oh man, jetzt habe ich vergessen, um Kleidung für Sona zu bitten.« Sie war so konfus wegen der Unterwäsche.

»Du kannst sie bei mir lassen, wenn du willst.«

»Du gehst nicht hin?«

»Ich kannte sie kaum. Mit dir habe ich bereits mehr gesprochen als je mit ihr.« Alka kommt ins Plaudern. »Und außerdem muss ich später die ganzen Mäuler stopfen. Und die Bandnudeln will ich selber machen. Wenn die nicht al dente sind, mag Roy die nicht.« Sie kichert.

Heera ist unsicher.

»Sona Piyari, willst du nachher mit mir einen Kuchen backen?«, fragt Alka sie direkt.

Heera fragt sie noch einmal auf Deutsch.

Einerseits wäre es Heera lieber, wenn Sona nicht dabei ist, doch andererseits gehört der Tod nicht zum Leben?

Nach ein paar überzeugenden Argumenten von Alka bleibt Sona bei ihr.

Eine Stunde später überreicht Kay ihr eine große Schachtel.

»Das sieht sehr teuer aus«, sagt Heera und nimmt es an sich.

»Mach dir keine Sorgen. Hier die Schuhe, ich hoffe, die passen.«

»Vielen Dank.«

»Die Verkäuferin war diskret und hat alles zusammengepackt.«

Mit leicht rosa Wangen nickt sie.

»Sie meinte, dass sie die gleiche Größe hat, und hat alles anprobiert. Ich hoffe, es passt dir auch.«

»War sie so groß wie ich?«, neckt sie ihn.

Abwehrend hebt er die Hände hoch. »Ich werde mich ab jetzt hüten, die Frauen nach ihrer Größe zu fragen.«

Lächelnd schließt sie die Tür.

Kay hat sogar an den Schmuck gedacht: schwarze Ohrringe und einen dazu passenden Ring. Schuhe und Unterwäsche passen so gut, als ob sie es selbst gekauft hätte. Ihre Haare bindet sie zusammen.

Während sie die Treppen heruntergeht und den knielangen Sommermantel anzieht, überkommt sie doch Panik.

Alle würden mich anstarren und sich fragen, was ich hier mache ... es ist dumm, dahinzugehen ...

»Bist du so weit?«, fragt eine Stimme hinter ihr.

Erschrocken dreht sie sich zu Kay um, und er sieht die Angst in ihren Augen.

»Du kannst dich immer noch umentscheiden.«

»Ich hab ... Pia ...«

»Sie wird es verstehen.«

In dem Moment kommt Pia heruntergeschlendert.

»Heera!« Sie nimmt ihre Hand. »Ich danke dir, dass du dabei bist ... es gibt mir ...« Sie guckt zu Kay. »Wir sehen uns im Auto.«

Heera lächelt Kay zu und läuft an ihm vorbei zum Auto.

Er hält ihr die Wagentür von einem schwarzen Audi A4 auf. Sie setzt sich hinter Roy, der auf dem Beifahrersitz seine Notizzettel durchgeht.

Erst bemerkt er Heera und Pia neben ihr nicht, dann dreht er sich um und begrüßt sie.

»Ich bin etwas nervös.«

Er dreht sich wieder um und schnallt sich an. Währenddessen fährt Kay los.

»Wie oft man das auch gemacht hat, es wird nicht leichter. Dabei bin ich mir nicht sicher, wie viele kommen werden.«

Wie Heera sehen kann, sind mindestens über einhundert Leute da, darunter auch viele Kinder. Ob die Kinder ihre eigenen sind oder angehende Agenten, kann Heera nicht sagen.

Roy macht ihr die Wagentür auf und hakt sie an seinen Arm unter.

Eine große grüne Wiese an den Klippen wird vor ihnen sichtbar. Heera kann das hellblaue Meer sehen und ihre Nervosität legt sich.

Das Wasser konnte sie immer beruhigen.

Roy führt sie zu einem Stuhl, wofür sie dankbar ist.

Schlichte runde Steine bedecken die Wiese.

Bei näherer Betrachtung sieht Heera, dass darauf Namen, Geburts- und Todesdatum stehen.

Macs Stein ist hellgrau, hat zirka siebzig Zentimeter Durchmesser und die Schrift sieht aus, als ob sie mit der Hand geschrieben ist.

Manal Chaudry
04.12.1977
07.07.2007

Nicht mal ganz dreißig geworden, denkt Heera. *Nicht verheiratet und keine Kinder und doch hat sie ein Leben geführt, wovon die meisten Menschen träumen: ein sinnvolles Dasein.*

Roy stellt sich neben den Stein und spricht zu allen: »Vielen Dank, dass ihr es einrichten konntet, zu kommen.« Er räuspert sich. »Da ich weiß, dass viele nicht so viel Zeit haben ...«

Roy wird durch ein anfahrendes Auto unterbrochen.

Ein metallic-anthrazitfarbener Ferrari Spider hält mit quietschenden Rädern fünfzig Meter vor der Gesellschaft auf der Straße an.

Eine Frau Mitte zwanzig springt bei offenem Verdeck aus dem Auto. Beim Rennen zieht sie ihre Ballerinas und ihre kurze Lederjacke über den schwarzen bauschigen Rock an.

Heera flüstert Pia zu: »Das würde auch eine Frau hinbekommen, wenn sie keine Agentin ist.«

Sie lächelt sie an und nimmt ihre Hand. Mit tränengefüllten Augen sieht sie Heera an, sagt aber nichts.

»Vielen Dank, Evangeline, dass du da bist.« Roy nickt zu der Frau, die sich zu der Menge gestellt hat.

Sie macht eine Handbewegung. »Synchise nha pigeneis!«

Heera guckt zu Pia.

»Griechisch! Heißt so viel wie: Fahr fort.«

»Bitte, Shonda, fangen wir mit deinem Gebetsgesang an.«

Roy macht einer dunkelhäutigen Frau Mitte dreißig Platz.

Sie singt ein afrikanisches Lied, was Heera im Herzen berührt.

Ein paar Reden werden gehalten und eine Schweigeminute wird eingelegt.

»Die, die noch Zeit haben, sind herzlich zum Leichenschaums in der Villa eingeladen«, ruft Roy noch zum Abschluss.

Heera steht auf und blickt über die Wiese. Innerhalb von ein paar Minuten wird die Menge auf die Hälfte der Agenten reduziert.

In der Villa sind es dann nur noch gut drei Dutzend.

Heera nimmt Sona mit ins Zimmer und beim Umziehen merkt Heera, wie sie die Kraft verlässt.

Sie legt sich ins Bett und jegliche Hoffnung entschwindet.

Ein paar Mal wird an ihrer Tür geklopft, aber

sie hört es nicht, sie ist in einen Trancezustand gefallen.

Am nächsten Morgen klopft es wieder. Heera starrt aus dem Fenster und hört nicht mal Sonas Rufe.

»Heera Beti?« Alkas Stimme ist leise, aber besorgt. »Ich komme jetzt rein.«

Sie sieht Heera im Bett liegen und voller Mitgefühl legt sie ihre Hand auf ihren Kopf.

»Ich hätte dich nicht auf dieser Beerdigung gehen lassen dürfen.«

Ach, Frauen! Müssen immer die Schuld auf sich nehmen.

»Komm essen!«, sagt Alka und zieht sie an ihrem Arm, doch Heera rührt sich nicht.

Alka will sie nicht drängen, daher nimmt sie Sona mit nach unten in die Küche.

Nächsten Nachmittag schläft Heera dann doch ein, aber wacht in der Nacht auf und starrt die Decke an.

Am darauffolgenden Tag wacht sie am Mittag auf und geht in die Küche, um was zu essen, aber nicht um zu reden.

Alka kennt den Zustand von Heera.

Eine Depression.

»Roy ist heute Morgen abgereist«, sagt Alka in der Luft. »Er hat Pia mitgenommen. Viele Agenten sind weg.« Wehmut liegt in ihrer Stimme.

»Das Haus ist so leer.« Sie legt ihre Hand auf Heeras Kopf. »Werd bald gesund.«

»Ich bin nicht krank.«

»Du hast eine Depression, das ist auch eine Krankheit.«

»Ich hab keine Depression«, protestiert Heera laut und steht auf.

»Heera Beti ...«

»Lass mich in Ruhe!«

Heera ist so wütend, so verzweifelt, sie verliert die Kontrolle.

Sie hat ihr Leben verloren, ohne tot zu sein ...

Das Weinen hat sie schon längst aufgegeben, es hat keinen Sinn.

Jetzt ist nur noch Wut da!

Die nächsten Tage vermeidet Heera jeglichen Kontakt mit Menschen außer mit Sona.

Sie ist immer noch Mutter, was ihr einen kleinen Halt gibt.

Nachts, wenn sie nicht schlafen kann, schwirrt sie durch die Villa.

In der Küche macht sie sich ein Sandwich und geht ins Wohnzimmer.

»Hi.«

»Ahhh ...«, schreit sie. »Mann ... scheiße!«

»Du bist leicht zu erschrecken«, sagt Alistair lächelnd.

»Ich war in Gedanken ...«, rechtfertigt sie sich. »Ihr Agenten seid wie Ninjas ... so leise.«

Er lacht.

»Danke für den Herzinfarkt. Wo kommst du überhaupt her?«

»Ich hab ein Zimmer im Keller.«

Fragend sieht sie ihn an.

»Komm, ich zeig's dir.«

»Warum sollte ich das sehen wollen?«

Ohne auf ihre Frage zu antworten, packt er sie am Handgelenk und zieht sie hinter sich her.

Im Keller befindet sich eine Tür von der gleichen Machart wie in den oberen Stockwerken.

Heera ist überrascht und geht näher ran.

»Darf ich bitten!«

Er hält ihr die Tür auf und Heera sieht ein Zimmer dahinter und tritt mit großen Augen ein.

»Warum ist dein Zimmer hier unten, wenn da oben doch so viele sind?«

»Das hier ist schalldicht.« Er macht die Tür zu.

Heera dreht sich erschrocken zu ihm um. »Wiiesoo?«

»Du hast Angst.«

Sie verschränkt die Arme vor der Brust. »Nicht genug, wenn ich immer noch hier stehe.«

»Du bist witzig.«

Lachend öffnet er eine Schiebetür an der Wand und dahinter kommt eine Anlage mit hunderten von Schallplatten und CDs hervor.

»Also, was willst du hören?« Er holt eine Schall-platte heraus.

Heeras Neugier ist geweckt. Sie geht an den Schrank, der die gesamte Wand einnimmt.

»Du hast Audio-Kassetten? Bist du nicht zu jung, um die überhaupt zu kennen?«

Sie holt aus der Schublade eine Kassette her-aus, ohne ihn anzusehen.

»Du kennst die Pyramiden! Bist du nicht zu jung, um die überhaupt zu kennen?«

»Du bist auch witzig«, sagt sie, ohne zu lachen. »Ohh, Whitney Houston.« Begeistert hält sie die CD in der Hand. »Ich liebe ihre Stimme.«

Er nimmt ihr die CD ab und legt sie ein.

»Sind da auch die Lieder von Bodyguard drauf?« Sie nimmt ihm die Hülle aus der Hand.

»Du meinst sicherlich das berühmte Lied.«

»Du kennst Bodyguard?«

»Sag nicht, ich wäre zu jung.«

»Das nicht. Ich meinte eher, weil es ja eine Lovestory ist.«

Verspielt verdreht er die Augen.

Sie lächelt. »Ich höre schon, was ich gesagt habe.«

»Gut!«

Er kommt näher zu ihr und sie streift verlegen ihre Haare hinter das Ohr. Mit einer sanften Be-wegung holt er die Haare wieder nach vorne. Entsetzt macht Heera einen Schritt zurück, jedoch legt er einen Arm um ihre Taille und zieht sie zu sich.

Kurz zögert sie, doch dann lässt sie zu, dass er sie küsst.

Sanft zieht er sie auf das Bett und nur für einen Moment will sie alles vergessen.

Vergessen, dass sie kein Leben mehr hat, das sie kannte. Ihre Freunde werden sie bald vergessen. Sie hat keine Kontrolle über ihr Schicksal.

Scheiß drauf!

Sie zieht ihn enger an sich, und als er seine Hand unter ihr T-Shirt gleiten lässt, haucht er:

»Mac!«

Dadurch verharrt nicht nur sie, sondern auch er und blickt sie entgeistert an.

Sie setzt sich aufrecht hin und sieht ihn eine Weile an, ob er noch was sagen will, allerdings fehlen ihm die Worte.

Heera sieht ihn an und wieder packt sie die Wut, darauf knallt sie ihm eine.

Ohne ein Wort rückt er von ihr ab und sie steht auf.

Als sie die Tür hinter sich schließen will, hört sie, wie Whitney Houston singt:

I have nothing, if I don't have you ...

Am nächsten Morgen ist Alistair weg und Pia wieder da.

»Es tut mir leid, dass ich, ohne was zu sagen, verschwunden bin, aber die Rettung der Welt kann nicht warten«, sagt sie theatralisch und nimmt Heera in den Arm.

»Ist schon gut.«

»Ist was vorgefallen?«, fragt sie, als sie ihren schlaffen Körper umarmt.

Heera schüttelt ihren Kopf.

Pia drückt sie fester und Heera kann endlich den Damm der Tränen brechen.

Heera bekommt in der Villa ein Doppelzimmer, damit Sona ein eigenes hat.

Da Heera immer noch nicht weiß, wie es weitergeht, bleibt sie in der Villa und hilft Alka beim Kochen.

Sie nimmt die Hilfe dankend an und freut sich, dass Heera auf dem Weg der Besserung ist.

Heera und Pia geben sich gegenseitig den Halt, den sie brauchen.

»Er hat mich Mac genannt.« Heera berichtet von ihrem Erlebnis mit Alistair.

»So ein Arschloch!«

»Ich verstehe ihn schon«, unterbricht Heera sie.

»Ich verstehe ihn auch, aber ein Arschloch ist er dennoch.«

»Er hat sie geliebt.«

Pia nickt. »Sie waren ein Paar, aber nur ich

wusste es. Alistair wusste nicht, dass ich es weiß.«

Amüsiert sieht Heera sie an. »Wie in der Schule.«

»Also so richtig sind wir nie in die Schule gegangen.«

»Das erklärt einiges.« Sie lacht. »Es ist schön, dass du da bist.«

»Ich muss aber morgen wieder los.«

»Wohin?«

»Ein Auftrag.«

»Aber wir wollten doch shoppen gehen«, sagt Heera verzweifelt. »Ich hasse Shoppen, nur wegen dir gehe ich hin.«

»Du gehst hin, weil du neue Sachen brauchst.«

»Aber ich will, dass du dabei bist.«

Pia lächelt sanft. »Ich fühle mich mit dir auch sehr wohl, aber ...«

»Aber du musst die Welt retten.«

»Ja, so ungefähr. Aber ich hab Kay gefragt, ob er mit dir hingeht.«

»Er ist hier?«

»Er war die ganze Zeit hier. Hast du ihn nicht gesehen?«

»Ihr Agenten seid echt wie Ninjas. Man kann euch nur sehen, wenn ihr es wollt.«

Fröhlich stimmt Heera mit ihrem Lachen ein.

Heera hat keine andere Wahl, als mit Kay einkaufen zu gehen, da sie immer noch nicht weiß, wo sie sind.

Sie kennt die Gegend nicht und hat auch kein Geld.

Da Sona ihr Kind ist, hasst sie es genauso, shoppen zu gehen. Sie mag zwar die Klamotten, die sie dann bekommt, bleibt aber lieber bei Alka.

Kay hält ihr die Tür von einem gelben Lamborghini Gallardo Spyder auf. Spielerisch hebt Heera ihre Augenbraue hoch.

»Wenn ich Kinder habe, fahre ich einen Kombi«, verspricht er lächelnd.

Heera starrt aus dem Fenster, als sie über die Landstraße in eine Stadt hineinfahren, wo Kay den Lamborghini vor einer Boutique anhält.

Heera probiert zwei Hosen, ein T-Shirt und eine Bluse an. Ihr fällt auf, dass die Kleidungsstücke keine Preisschilder haben, somit ist es für sie schwer, etwas zu kaufen.

»Stimmt was nicht?«, fragt Kay sie, als sie die Sachen wieder ordentlich zurückhängt.

»Können wir zurückfahren?«

Fragend sieht er sie an, darauf schielt Heera die Verkäuferin an, die sie beide neugierig mustert.

»Ich warte draußen.«

Heera verlässt den Laden und er folgt ihr nach draußen. Als er sie ansprechen will, sagt sie:

»Ich brauch keine neuen Sachen, mir reicht, was ich habe.«

Schweigend steht er neben ihr.

»Was?«, fragt sie etwas zu laut.

»Ich überlege, was du hast. Was du mir nicht sagen willst und ob du erwartest, dass ich es selbst herausfinde.«

Sie verschränkt ihre Arme vor dem Körper. »Also, wenn du es genau wissen willst: Die Kleidung hat keine Preisschilder.« Ihre Stimme wird noch lauter. »Und ich hab kein Geld.«

Er hört ihr geduldig zu, doch das macht sie nur noch wütender.

»Ich bin schon über drei Monate hier.« Sie macht eine große Geste mit den Armen. »Und weiß immer noch nicht, wo *hier* ist.«

»Du musst zugeben, dass wir gut sind«, neckt er sie.

»Ja, voll *gut* … eine normal sterbliche Frau zu Tode zu ängstigen.«

»Komm, steig ein, wir gehen essen.«

»Was? Ich hab kein Hunger.«

»Ich schon, und wenn du auf deine Fragen eine Antwort haben möchtest, dann steig ein.«

Er startet den Motor und wartet auf sie. Schnaubend wirft sie sich auf den Beifahrersitz und er gibt Vollgas, sodass sie in den Sitz gedrückt wird.

Kay führt sie in ein Restaurant am Strandrand mit wenig Gästen. Heera weiß, dass es eine Insel ist, aber wo?

Der Blick auf das Meer beruhigt ihre Nerven und sie liest die Speisekarte.

Keine Preise.

»Der Fisch hier ist sehr gut.« Kay holt sie aus ihren Gedanken.

Sie nickt, ohne ihn anzusehen.

Nachdem die Kellnerin die Getränke abgestellt hat und die Bestellung aufgenommen hat, lehnt sich Kay in seinem Stuhl zurück und sagt:

»Das ist hier eine Insel zwischen dem Atlantischen Ozean und dem Europäischen Nordmeer, zwischen Norwegen und Island.« Er wartet, bis sie es versteht. »Die Insel hat keinen Namen.«

»Auch keinen Vornamen.«

Lächelnd schüttelt er den Kopf. »Nein, sie ist auf keiner Landkarte zu sehen. Nur Schiffe, die diese Route nehmen, wissen, dass da eine Insel ist, die unbewohnt ist.«

Stumm wartet sie auf seine Ausführungen.

»Unser Computergenie hat es gut hinbekommen und die Insel gut getarnt mit gefälschten Daten.« Er nimmt einen Schluck von seinem Wasser. »Die Insel ist kleiner als Deutschland und hier leben etwa zehntausend Menschen, plus minus.«

»Alle Agenten?«

»Auch. Ehemalige Agenten, mit ihren Familien. Zivilisten, die ähnliche Geschichten haben wie du.«

Sie trinkt auch.

»Wir haben hier auch eine Agenten-Schule.«

Als das Essen kommt und sie ein paar Bissen genommen hat, fragt sie:

»Du kannst gut Deutsch sprechen, wie kommt das?«

»Eine Gruppe von Agenten, zu der Mac, Roy und ich gehören, arbeitet überwiegend in Europa. Da ist es hilfreich, ein paar Sprachen fließend zu sprechen.«

»Das ist beeindruckend.«

»Ich lerne gerade eine neue Sprache«, sagt er geschmeichelt.

Als sie fertig gegessen haben, fragt er sie, ob sie noch ein Dessert essen möchte. Sie verneint.

»Du machst dir Sorgen wegen des Geldes?«

Schweigend senkt sie den Kopf.

»Du hattest doch Rücklagen, die gleichen wir dir an, und ich bin mir sicher, dass Mac nix dagegen hätte, wenn du ihr Geld bekommst.«

»Das kann ich nicht annehmen.«

»Doch kannst du. Oben drauf kommt die Arbeit in der Küche, wir bezahlen dir zehn Euro die Stunde.«

»Das ist nicht mal der Mindestlohn, ihr Sklaventreiber.«

Er lacht laut und sie lächelt.

»Können wir jetzt die Sachen kaufen gehen?«, fragt er sie.

»Ja. Ich glaub, ich hatte nur Hunger.«

»Das denke ich auch. Mit dir ist nicht zu spaßen, wenn du Hunger hast«, neckt er sie wieder.

2008

Ein halbes Jahr ist vergangen und Heera be-
müht sich, wieder Kontrolle über ihr Leben zu
erlangen.

Auf der Insel hat sie ein Haus bekommen, das
siebzig Quadratmeter und zwei Stockwerke hat.

Heera ist eine ausgebildete Arzthelferin, daher
ist die richtige Arbeit für sie bei einem Heil-
praktiker und nicht in der Küche bei Alka.

In dem Dorf ... man kann es ein Dorf nennen ... leben knapp fünfhundert Menschen, plus
minus, die überwiegend Familien haben. Daher
haben sie einen Kindergarten/Schule.

Sona hat endlich wieder Freunde und einen
regelmäßigen Tagesablauf.

Kay kommt ab und zu vorbei, um nach ihr
und Sona zu sehen. Heera weiß nicht, ob er
jetzt auf der Insel wohnt oder nur zu Besuch
da ist. Sie will ihn auch nicht fragen, denn sie
denkt, dass er so die Trauer über seine Partnerin verarbeitet.

»Heera, kann ich etwas mit dir besprechen?«,
fragt er sie, während sie Sona ins Bett schickt.

»Oje, klingt ernst«, sagt sie und scheucht Sona
die Treppen hoch, wo die zwei Schlafzimmer mit
einem Bad sind.

»Es ist mir wichtig.«

»Ich komm gleich.«

Als sie wieder ins Wohnzimmer kommt, sitzt Kay nervös auf der Couch. Bevor sie sich hinsetzt, fragt sie ihn, ob er was essen oder trinken möchte.

»Wasser, danke!«

Sie geht an den Essbereich in die Küche und holt zwei Gläser Wasser.

»Na, dann schieß mal los«, sagt sie, während sie ihm ein Glas gibt.

»Ich weiß gar nicht, wo ich anfangen soll.«

»Jetzt machst du mich neugierig.« Sie setzt sich in den Sessel neben ihm.

Er schweigt und sie wartet geduldig, bis er sich zurücklehnt.

»Ich muss etwas ausholen, bevor ich zu der eigentlichen Sache komme.«

Verständnisvoll nickt sie.

»Seit Jahren verfolgen wir eine Organisation, die mit Waffen, Drogen und Menschen handelt. Wir konnten einige Verbrechen aufhalten, aber wir schlagen immer wieder nur den Schwanz der Schlange ab und nicht den Kopf.«

»Sehr bildlich und eklig«, sagt sie und lehnt sich auch zurück in den Sessel.

Er lächelt und wird wieder ernst. »Mac und ich haben einen Unterhändler namens Denis

Martinez beschattet und herausgefunden, dass er aussteigen will und nicht weiß, wie er es anstellen soll.«

Bei Macs Namen schlucken beide, aber lassen es sich nicht anmerken.

»Mac hat den Kontakt mit ihm hergestellt. Sie hat sich mit ihm angefreundet. Aber sie kam nicht dazu, ihm von uns zu erzählen und dass er zu uns überlaufen kann.«

»Lass mich raten: Ich soll Mac spielen.«

Er rückt auf der Couch etwas nach vorne und zu ihr. »Heera, glaub mir, ich würde nicht fragen, wenn es nicht wichtig wäre.«

Gedankenverloren schweigt sie.

»Für mich ist es auch wichtig, dass die Arbeit von Mac nicht umsonst war«, sagt er leise.

»Was müsste ich tun?«

»Du musst dich nur mit ihm treffen und ihm von der International Agency erzählen, ab da übernehmen wir.«

»Wieso kann das keiner von euch machen?«

»Er vertraut niemandem.«

»Mac hat er vertraut?«

»Nach einiger Zeit und so viel Zeit haben wir nicht.«

»Er weiß nicht, dass Mac eine Agentin war?«

Kay schüttelt den Kopf.

»Wie konnte sie sich mit ihm anfreunden?« Sie spricht gedämpft, aber ihr Herz rast zu schnell.

Ich soll eine Agentin sein!

Wer hat nicht schon mal daran gedacht, in einem Agentenfilm mitzumachen, James Bond zu sein, auch mal in einer weiblichen Form?

Aber wenn es so weit ist, was macht man dann?

»Martinez hat eine Vorliebe für Nuu …« Er verschluckt das Wort. »Für Prostituierte.«

Mit großen Augen sieht sie ihn an.

»Mac hat sich mit einer der Prostituierten, die er besuchte, angefreundet.«

»Ich trau mich erst gar nicht, zu fragen …«

»Ja, sie selbst ist auch in diese Rolle geschlüpft«, sagt er schnell.

»Hat Mac …« Sie stoppt ihren Gedankengang. Als er sie ansieht, spricht sie schnell: »Ich würde niemals jemanden für seinen Job verurteilen … ich meine, es ist ja auch das älteste Gewerbe der Welt …« Sie kommt ins Straucheln. »Ich meine, nicht als Agentin zu sein.«

Er lächelt und sie hört auf, zu reden.

»Mac hat nicht mit ihm geschlafen und das müsstest du natürlich auch nicht.« Seine Stimme ist ruhig.

Eine Weile hört man nur das Ticken der Uhr.

Heera muss ihre Gedanken sortieren. »Meine Mission ist, wenn ich sie annehme«, sagt sie in melodischem Ton. »Martinez dir vorzustellen.«

»Genau! Und eins kann ich dir sagen: Es ist nicht so, wie es in Filmen dargestellt wird.«

»Bis jetzt stimmt einiges.«

Jetzt wartet er auf ihre Erklärung.

»Schnelle Autos, hübsche Agenten und eine Agentin, die sich als Prostituierte verkleidet.«

»Sie hat sich die Rolle nicht ausgesucht«, rechtfertigt er sich für Mac.

»Das wollte ich auch nicht damit sagen.«

»Martinez fühlt sich in Gegenwart von Frauen überlegen.«

Sie atmet tief ein.

»Eine Sache stimmt dann auch«, sagt er spielerisch. »Falls du die *Mission* annimmst, hast du einen Monat für die Vorbereitung.«

»Ja genau, wieso sollte es auch leicht sein?!«

Geduldig wartet er auf ihre Antwort.

»Ich denke, ich schulde es Mac.« Ihre Stimme klingt nervös.

»Du schuldest es ihr nicht.«

»Dann den Menschen.«

»Du schuldest es niemandem. Wenn du es machen willst, dann machst du es oder du lässt es sein«, äußert er hart.

»Ich bin die Einzige, die es machen kann.«

»Es gibt sicherlich auch andere Wege.«

»Wolltest du nicht noch vor einer Minute, dass ich als Mac gehe?«, fragt sie verwirrt.

»Ich will, dass du alle Optionen kennst.« Seine Augen halten ihren Blick. »Du sollst wissen, dass du eine Wahl hast, es auch abzulehnen.«

Er sammelt sich und atmet tief ein. »Es würde schneller gehen, wenn du als Mac zu Martinez gehst. Wir haben gehört, dass in ein paar Monaten ein großer Coup stattfinden wird, und da wird auch der Kopf der Schlange da sein. Nur Martinez kann uns zu ihm führen.«

»Die Wahl schränkt sich ein«, sagt sie lächelnd.

»Du bist dennoch nicht verpflichtet.«

Sie sieht ihn an, aber er hat den Kopf gesenkt.

»Du hast gesagt, dass es dir wichtig ist, Macs Arbeit fortzusetzen.«

»Das werde ich so oder so«, spricht er sicher.

»Dann lass mich dir dabei helfen.«

Nickend steht er auf, und als er zur Tür hinausgeht, sagt er noch:

»Danke!«

Das Training soll schon am nächsten Tag beginnen.

Kay holt Heera ab, als sie Sona in den Kindergarten bringt.

Heera fragt erst gar nicht, was man ihrem Chef gesagt hat, weil sie einen Monat lang nicht zur Arbeit kommen wird.

Eine halbe Stunde von ihrer Wohnung entfernt steht ein einsames Gebäude mit drei Stockwerken und zweihundert Quadratmetern, das sie mal beim Vorbeifahren gesehen hat. Damals hat sie sich gefragt, welche Funktion es wohl hat.

Es ist das Hauptquartier der Insel, in dem die Agenten ihre Missionen planen und von dort aus agieren.

Roy kommt in den Besprechungsraum, in den Kay sie gebracht hat.

»Heera, schön, dich zu sehen.«

Er gibt ihr die Hand und Heera bemerkt, dass sein braunes Haar dünner geworden ist und er zugenommen hat, sodass sein dunkelbrauner Anzug an seinem Bauch spannt.

»Ich kann dir nicht genug danken, dass du das machst.«

Sie lächelt verlegen. »Ist doch selbstverständlich.«

»Nein, nein.« Er rückt ihr einen Stuhl zurück. »Setz dich.« Er fuchtelt mit der Hand und deutet auf den Stuhl. Er ist sichtlich nervös.

Die Glastür geht auf und zwei Agenten und Alistair kommen herein.

Heera und Alistair treffen sich seit dem Vorfall zum ersten Mal wieder.

Ohne sie anzusehen, setzt er sich ans Ende des langen Tisches.

Roy setzt sich ans Kopfende und die beiden anderen Agenten nehmen auf der gegenüberliegenden Seite von Heera Platz. Kay sitzt neben ihr.

»Heera, du kennst ja schon Alistair.«

Sie blicken sich an, und wie Alistair gelernt

hat, begrüßt er sie höflich. Doch Heera kann nur nicken.

»Das ist unser Computergenie«, stellt Roy einen großen, dürren jungen Mann vor, der nicht älter als achtzehn sein kann.

»Hallo, ich heiße Clark.«

»Kent!«, sagt Heera gedankenverloren.

»Nein!« Verwirrt legt Clark einen Laptop und ein Gerät, das Heera nicht kennt, auf den Tisch.

Sie sieht, wie Alistair lächelt, und entspannt sich.

»Vjai wird dich ankleiden«, erklärt Roy weiter und deutet auf einen Mann, der indischer Herkunft zu sein scheint. »Gut, dass wir Heeras Unterstützung haben, damit wir endlich dem Kartell das Handwerk legen können.« Roy legt eine flache Platte auf den Tisch und tippt darauf.

Heera schreckt zurück. So etwas hat sie bisher nur in Sci-Fi-Filmen gesehen, dennoch guckt sie gebannt auf das Gerät und fragt sich:

In welcher Serie war es, wo die so glatte Bildschirme auf dem Raumschiff haben?

Ihre Gedanken werden durch Vjai unterbrochen. »Ich äußere meine Skepsis.«

»Notiert!« Roy tippt auf das Tablet, ohne Vjai anzusehen.

»Warum bin ich hier?«, fragt Alistair.

»Heera braucht Unterricht in Selbstverteidigung.« Roy wischt über den Bildschirm.

»Kann das kein anderer machen?«

»Keiner ist verfügbar.« Roy schaut ihn an. »Ist das ein Problem?«

»Kein Problem!«, sagt Alistair, lehnt sich in seinem Stuhl zurück und verschränkt seine Arme vor der Brust.

Heera würde gern sagen, dass sie ein Problem hat, aber dann müsste sie erzählen, welches.

»Ich hab hier einen Plan gemacht.« Roys Ton ist sachlich, aber bestimmt. »Vjai braucht länger für die Kleidung, daher fangen wir damit an.« Er wartet, ob jemand Einwände hat. »Den Rest könnt ihr dem Plan entnehmen.« Er sieht jetzt Heera an. »Ich bedaure, dass wir so wenig Zeit für die Vorbereitung haben.«

Sie macht eine wegwerfende Handbewegung.

»Dann wollen wir keine Zeit verlieren«, sagt Vjai und steht auf. »Ab ins Untergeschoss.« Er deutet auf die Tür. Unschlüssig steht sie auf und geht mit ihm.

Im Untergeschoss macht Vjai eine große Doppeltür mit goldenen Rändern auf und Heera bleibt der Mund offen stehen.

Der Raum – man könnte es auch eine kleine Halle nennen – ist voller glitzernder Kleider, funkelnder Schmuckstücke und Schuhe ... viele ... sehr, sehr viele Schuhe.

Heera nimmt einen in die Hand.

»Ich werde nie verstehen, was Frauen an Schuhen so Faszinierendes finden.«

Lächelnd legt sie den Schuh zurück und fragt gedankenverloren: »Gehören dir die ganzen Sachen?«

»Auch wenn ich in Damenkleidern umwerfend aussehe, gehören sie nicht mir. Nicht ausschließlich alle.«

Sie schaut ihm ins Gesicht. Sie muss ihn erst kennenlernen, um seinen Humor zu verstehen.

»Ich meinte ...«, will Heera erklären.

»Ich weiß, was du meinst.«

Er dreht sich um und macht eine umfassende Handbewegung. »Die Sachen gehören der IA, aber ich verwalte und beschaffe sie.« Wieder dreht er sich zu ihr um. »Siehst du die Tür?« Er zeigt auf eine weitere Doppeltür mit goldenen Rändern, ganz hinten im Raum. »Da geht es zu den Herren«, sagt er stolz. Mit seinem Blick scannt er sie von oben bis unten. »Ich glaub, dir würde eine Krawatte stehen.« Schnell rennt er zu der Tür und macht sie mit einem Schwung auf. Dahinter sieht Heera einen großen Raum wie diesen, aber mit Anzügen, Sweatshirts und Jeans.

Da er in dem Berg von Klamotten verschwunden zu sein scheint, nimmt Heera wieder einen Schuh in die Hand, den sie sehr schön findet: eine weiße Lackstiefelette.

»Zieh den an.«

Heera erschreckt sich, als Vjai wieder hinter ihr auftaucht und auf den Schuh deutet.

»Du brauchst Schuhe, die dir Halt geben, und die Länge der Absätze ist auch gut.« Er nimmt den zweiten Schuh und blickt hinein. »Ich könnte sie noch aufpolstern, dann müsstest du fast die Größe von Mac erreichen.«

»Die Schuhe passen und sind auch bequem.« Sie demonstriert es ihm, indem sie wie ein Model auf dem Laufsteg läuft.

»Gut. Anlassen und heute damit üben. Das ist, was Mac getragen hat.« Er zeigt ihr ein dünnes schwarzes Kleid.

»Mein Unterhemd hat mehr Stoff als das ... ich kann es nicht mal ein Kleid nennen.«

»Ja, sie ist ja auch nicht damit zum Gottesdienst gegangen.«

»Ich pass da niemals rein.«

»Das stimmt. Du brauchst sowieso etwas anderes. Dein Busen würde hier herausflutschen.«

Er hängt das Kleid wieder in den offenen Schrank und bemerkt, dass sie ihn entsetzt ansieht.

»Ist es das Wort ›Busen‹ oder dass du etwas Neues brauchst, was dich schockiert?«

»Nun, ich würde gern etwas anziehen, das meinen Bauch verdeckt.«

Sie spielt es herunter, aber er grinst.

»Ich dachte an ein Korsett.« Er holt ein weißes Korsett von einem Ständer und hält es an sie. »Halt mal.« Nachdenklich betrachtet er sie. »Ich könnte mir einen Spitzenrock darunter vorstellen. Zieh das mal an, ich hol eins.«

Schwups ist er wieder verschwunden.

Das Korsett sitzt etwas locker.

»Das können wir noch enger zuziehen«, spricht er aus, was sie gedacht hat.

»Können wir hier noch was machen?« Sie zeigt auf ihre nackten Schultern.

»Nee, aber zieh mal die Krawatte an.« Er gibt ihr eine dünne weiße Krawatte, die gebunden ist. »Martinez steht darauf, wenn Frauen ein Band um den Hals tragen«, sagt er, während er die Krawatte enger zieht.

»So genau wollte ich nicht von seinen perversen Neigungen wissen.«

»Doch, das solltest du.«

Fragend sieht sie ihn.

»Je mehr Wissen, desto mehr Macht.«

Den weißen Spitzenrock hält er um ihre Hüfte hin.

»Und was bringt es mir, dieses Wissen zu haben?«, stellt sie die Frage, um nicht entsetzt über den Rock zu sein, der fast durchsichtig ist.

»Du musst dich verletzlich zeigen ... dich sozusagen unterwerfen, aber dennoch hast du die Kontrolle, wenn du weißt, wie er so tickt.« Er holt ein Maßband aus einer Kommode, auf der auch eine Nähmaschine steht.

Sie denkt über seine Worte nach.

»Ich brauch mal deine Maße.«

Als sie nickt, legt er das Maßband um ihre Taille und schreibt die Zahl auf einen Block, der auch auf der Kommode liegt.

»Du hast einen größeren Busen«, stellt er fachlich fest und deutet mit dem Band. »Darf ich?«

Heera nickt verkrampft.

»Gut! Zieh alles aus bis auf die Schuhe. Ich muss einiges ändern.«

Als sie aus der Umkleide herauskommt, steht Kay da.

»Ah Heera, wie ich höre, seid ihr gerade fertig geworden, dann können wir in den ersten Stock zu den Waffen gehen.«

Heera nickt erleichtert, aber als sie den Raum mit den Waffen betritt, verfliegt die Erleichterung.

Zu früh gefreut!

Rechts an der Wand hängen große und kleine Schusswaffen. Links in beleuchteten Vitrinen liegen alte Pistolen und Messer. Ein Samurai-Schwert erkennt sie und auch ein paar Ninja-Sterne.

»Da hatte ich gar nicht so unrecht mit den Ninjas.«

»Diese linke Seite gehört Roy, er liebt es, Waffen zu sammeln«, sagt er lächelnd.

In der Mitte des Raumes steht ein zwei Meter langer Tisch aus schwarzem Stein.

»Für dich ist diese Seite interessant.«

Er drückt einen Knopf an der Wand, den Heera nicht sieht, und die ganze vordere Wand öffnet sich. Es ist beeindruckend und zugleich auch beängstigend, so viele Waffen auf einmal zu sehen.

Kay holt eine kleine Waffe heraus und zeigt sie ihr.

»Walter PPK, klein, leicht und gut in der Hand zu halten.«

Sie starrt die Waffe an.

»Wieso kommt mir der Name so bekannt vor?«

»Es ist eine deutsche Polizeipistole.«

Er will sie ihr geben, aber sie nimmt sie nicht an, stattdessen sagt sie: »Unsere Polizisten haben eine geile Uniform, da gucke ich doch nicht, welche Waffen sie tragen.

Schmunzelnd legt er die Waffe auf den Tisch. »Es ist eine James-Bond-Waffe.«

»Ah ha!!!«, sagt sie etwas laut. »Wusste ich doch, du kennst Bond.«

»Ja«, sagt er widerwillig. »Ich kenne nur die Filme mit Pierce Brosnan.

»Liegt wahrscheinlich daran, dass du genauso aussiehst wie er.«

Sie betrachtet die Waffe, hat aber Ehrfurcht, sie in die Hand zu nehmen.

»Denkst du?«, fragt er geschmeichelt.

»Sag bloß, das hat dir keiner gesagt.«

»Na ja, also ...« Er dreht sich zur Wand um und holt noch eine kleine Pistole heraus. »Vjai meinte so etwas und daher habe ich mit ihm den Film gesehen.«

Wieder will er ihr die Waffe geben, aber auch diesmal kann sie sie nicht anfassen.

»Wofür steht das K in PPK?«, fragt sie stattdessen.

»Kriminal.« Er sieht ihre Hemmungen. »Polizeipistole Kriminal.«

Vorsichtig nimmt sie die PPK in die Hand und tatsächlich ist sie leicht, liegt gut in der Hand, aber lange kann sie sie nicht halten, daher legt sie sie mit schnellem Puls wieder hin.

Er kommt auf sie zu und guckt ihr ins Gesicht.

»*Ich hätte dir die Welt schenken können.*«

Sie lächelt und ist dankbar für die Ablenkung.

»*Die Welt ist nicht genug!*«

Er lacht leise und fragt: »Du hast es gesehen?«

»Er ist mein Lieblingsbond.« Darauf wird sie leicht rot.

»Ma chérie!« Geneviève stürmt in den Raum. »Isch 'ab disch uberall gesucht.«

Diesmal ist Heera für die Unterbrechung dankbar, aber nicht für die Küsschen-links-Küsschen-rechts-Begrüßung.

»Für 'eute sollte es reischen«, sagt sie, an Kay gerichtet. »Ihr uberfordert ja mein Madschen.« Sie hakt sich bei Heera ein. »Komm, wir gehen jetzt was essen und dann ´olen wir Schona ab.«

Heera lächelt Kay an und er nickt lächelnd zurück.

»Roy is soo ein Workaholic.«, sagt sie beim Rausgehen.

»Er steht unter Zeitdruck«, verteidigt Heera ihn.

»Ist ja schon gut, aber du bist keine Agentin, ma chérie. So viel an einem Tag, merde.«

Sie macht die Tür von ihrem SUV auf und steigt dann auf dem Fahrersitz ein.

»Morgen wird ein anstrengender Tag und jetzt brauchst du erst mal gutes Essen und erholsamen Schlaf.«

Geneviève hatte recht, dieser Tag wird für Heera anstrengend und nicht nur körperlich. Sie hat ihre erste Stunde mit Alistair für die Selbstverteidigung.

Seit dem Vorfall mit dem Kuss haben Alistair und sie nicht miteinander gesprochen.

Nachdem Geneviève Sona im Kindergarten

abgesetzt hat, bringt sie Heera in das Hauptquartier der Insel.

»Ich 'ol disch um die Mittagszeit ab«, sagt sie und braust davon.

Unschlüssig steht Heera vor dem Eingang, als Alistair sie begrüßt:

»Guten Morgen!«

Sie dreht sich zu ihm um, der ihr eine Sporttasche gibt.

»Vjai hat Sportsachen für dich eingepackt.«

Ohne ihn anzusehen, nimmt sie die Tasche.

»Wir gehen in den dritten Stock.«

Sie nickt und folgt ihm.

Nachdem sie sich in einem Umkleideraum umgezogen hat, kommt sie in die siebzig Quadratmeter große Sporthalle, die durch viele große Fenster hellerleuchtet ist, und auch die Decke hat Glasscheiben.

Alistair steht barfuß auf einer Matte. Er hat eine dunkelgraue Jogginghose und ein ärmelloses Shirt an.

»Sollen wir loslegen oder willst du erst reden?«, fragt er ernst.

Sie zieht ihre Schuhe und Strümpfe auch aus und sagt abwehrend:

»Ich wüsste nicht, worüber.«

»Zum Beispiel darüber, dass du mir eine Ohrfeige gegeben hast.«

»Du hast doch ...« Sie stoppt mitten im Satz, als sie sein kaum merkliches Lächeln sieht.

»Genau darüber«, sagt er spöttisch.

Peinlich berührt verschränkt sie ihre Arme vor der Brust.

»Seit wann wollen denn Männer über heikle Themen reden?«

»Seit *dieser* Mann einen Kurs in Psychologie belegt hat.« Er setzt sich im Schneidersitz auf die Matte. »Ich muss mich wohl bei dir entschuldigen, dass ich dich bedrängt habe.«

»Du hast mich nicht bedrängt.« Sie setzt sich mit reichlich Abstand ihm gegenüber. »Du hast mich verwechselt.«

»Du bist ja auch leicht zu verwechseln.«

»Lernt man das in dem Psychologiekurs? Den anderen die Schuld zuzuschieben?«

Mit seiner Hand geht er durch seine dunkelblonden Haare. »Ich hatte erst eine Unterrichtsstunde.«

»Ich vergesse, wie jung du bist.«

Er wird ernst und verschränkt seine Arme vor der Brust.

»Oh, ich glaub, ich hab da einen Nerv getroffen«, sagt sie scherzhaft, jedoch sieht er sie böse an.

»Ihr sagt, dass ich jung bin, aber ich denke, dass ihr etwas anderes meint.«

»Und was meinen *wir*?«

»Dass ich dumm bin.«

»Dafür muss man nicht unbedingt jung sein.«

Die Aussage bringt ein Lächeln auf seine Lippen und er löst seine Arme.

»Ich meine, was ich sage.« Sie rückt ein Stück zu ihm hin. »Dass du wirklich noch jung bist. Du musst noch deine Erfahrungen machen. Ich bin mehr auf mich sauer als auf dich.«

Er runzelt die Stirn.

»Ich habe eine Freundin, die Psychologie studiert.«

Jetzt lacht er und sie stimmt mit ein, aber dann wird sie leise.

»Ich *hatte* eine Freundin.«

Schweigend sitzen sie da, bis sie vor sich hin spricht:

»Ich weiß, dass für uns alle diese Situation ...«, sie macht eine umfassende Handbewegung, »... nicht leicht ist, aber du hast mich beleidigt.«

»Das war nicht meine Absicht«, sagt er aufrichtig.

»Hast du sie geliebt?«

»Ich weiß es nicht.« Mit gesenktem Kopf kratzt er mit dem Zeigefinger an der Matte. »Ich weiß nur, dass ich für sie zu jung war.« Die Bitterkeit ist deutlich zu hören.

»Und das stimmt ja auch. Oder wolltest du jetzt mit dreiundzwanzig heiraten und Kinder kriegen?«

»Ich will nie heiraten und Kinder kriegen«, sagt er trotzig.

»Das besprechen wir dann, wenn du die Liebe deines Lebens gefunden hast. Allerdings muss sie nicht von dieser Welt sein.«

»Heera!«

»Ja!«

»Verzeihst du mir?«

»Schon vergessen.« Sie steht auf. »So, jetzt zeig mir mal, wie ich einem die Fresse poliere.«

Er schüttelt seinen Kopf. »Du polierst hier gar nichts. Du sollst dich verteidigen. Ein paar gezielte Schläge hier und da und dann wegrennen.«

»Och man, dat is ja langweilig«, sagt sie auf Plattdeutsch und hebt ihre Fäuste hoch. »Komm, zeig mir mal paar Mortal-Kombat-Moves.«

Wieder muss er lachen. »Du hast zu viele Filme gesehen.«

»Genau wie du.«

Sie zieht ihre Augenbrauen hoch und er schüttelt den Kopf.

Das Training mit Alistair ist für sie körperlich anstrengend, daher kann sie kaum die Augen aufhalten, als Roy ihr den Plan erklärt.

»Du triffst dich mit Martinez in der Schweiz.«

In dem Besprechungsraum stehen zwei Whiteboards. Das eine ist voll mit Bildern von Denis Martinez und Infos, was er so mag und tut. Er ist ein Afroamerikaner, fast zwei Meter groß und hat in einem Ohr einen Diamantstecker.

Das andere Whiteboard, auf das Roy deutet, zeigt den Lageplan von einem Clubhaus, in dem sich Heera mit Martinez trifft.

»Hier ist eine schöne Lounge, in der ihr ungestört reden könnt.« Roy tippt auf eine Stelle auf dem Board. »Er liebt gutes Essen und schöne Frauen an seiner Seite. Heera! Hörst du mir noch zu?«

Heera hört ihm nicht zu. Sie hat ein paar Pistolen vor sich auf dem Tisch liegen und starrt sie gedankenverloren an.

»Heera!«

Jetzt schaut sie zu Roy und sagt müde: »Ich werde keine Waffe tragen.«

Roy will den Mund aufmachen, doch sie kommt ihm zuvor.

»Ich verstehe, dass ihr Agenten seid und es für euch ein Werkzeug ist, aber für mich ist es eine Tötungsmaschine ...« Sie steht auf. »Ich werde keinen töten.«

»Es ist für deine Sicherheit.«

Die Stimme kommt von der Tür, wo Kay steht.

»Das ist, was uns gesagt wird, damit wir eine Waffe auf jemanden richten, den wir für gefährlich halten.«

Er kommt auf sie zu. »Es ist auch gefährlich, ohne ...«

»Ihr seid damit aufgewachsen und kennt es nicht anders ...« Sie hebt die Hände. »Ich werde euch nicht dafür verurteilen ... nur für mich entscheide ich, keine Waffe zu tragen.«

»Du bist schutzlos ...«

»Ihr seid doch da.« Sie lächelt müde und bemerkt erst jetzt, dass in der Ecke Alistair sitzt. »Er kämpft ja auch mehr mit Fäusten als mit Waffen.«

»Ich kämpfe mit meinem Verstand«, kontert Alistair.

»Oder so.« Sie verdreht die Augen.

»Heera ...«, sagt Kay, doch sie unterbricht ihn.

»Ich hab mich entschieden.«

Sie verlässt den Besprechungsraum und sucht Geneviève, die sie nach Hause fährt.

Heera ist überrascht, als sie zu Hause Alka bei Sona sieht.

»Ich 'ab Alka gebeten, Schona abzu 'olen«, sagt Geneviève.

Alka nimmt Heera in die Arme. »Beti, du siehst erschöpft aus.«

Wieder bringt Heera ein müdes Lächeln hervor.

»Ich hab dir Daal gemacht, das gibt dir Kraft.«

Heera umarmt Alka herzlich. »Vielen Dank.«

Nach dem Essen geht Heera ins Bett und schläft bis zum Mittag des nächsten Tages durch.

Als sie die Augen aufmacht, sieht sie jemanden verschwommen vor sich.

»Pia?!«

»Wie sie leibt und lebt.«

Heera umarmt sie stürmisch.

»Du Arme, ich hab schon gehört, dass du hart rangenommen worden bist.«

»Das ist aber eine sehr unglückliche Formulierung«, sagt Heera lächelnd.

»Komm, heute hast du frei und wir machen einen Wellnesstag.«

Stutzig sieht Heera sie an.

»Das wird dir gefallen: Sauna, Massage, Maniküre, Pediküre und noch mehr.

»Essen?«

»Das darf nicht fehlen.«

Beide lachen.

In der Sauna kann Heera endlich entspannen und ihr Herz ausschütten.

»Alle sehen nur Mac in mir.«

»Hat Alistair wieder was gemacht?«, fragt Pia sauer.

»Nee. Die anderen Agenten vergleichen mich immer mit ihr und ich finde es unfair.«

»Sie vergleichen dich nicht ... sie wollen nur, dass du die Rolle gut spielst.« Pia rechtfertigt ihre Kollegen.

»Ich soll Mac sein und die Rolle wie sie spielen«, verbessert Heera sie.

»Ich verstehe.«

»Du verstehst gar nichts«, unterbricht Heera sie. »Ich habe Angst, mich zu verlieren. Ich kann nicht mehr Heera sein.«

Pia schweigt.

»Wenn der Auftrag vorbei ist, werde ich weit weg von euch ziehen.«

Trauer verdunkelt Pias grüne Augen. »Verliere ich wieder eine Freundin?«

»Die hast du schon längst verloren, ich bin nur ein Schatten ihrer.«

Durch die Hitze der Sauna und das belastende Gespräch kriegt Heera schlecht Luft und steht auf.

»Es ist besser, wenn ich nach Hause gehe.«

»Nein, bitte.« Pia steht auch auf. »Es tut mir leid, dass ich dich gekränkt habe.« Sie hält Heeras Hand. »Du bist anders als Mac ... natürlich ist mir das aufgefallen. Ich verbringe mit dir Zeit, weil du anders bist.«

»Alle sagen Mac zu mir.« Heera weint und Pia nimmt sie in die Arme.

»Wer?«

»Vjai, Alistair ...«

»Der ist sowieso ein Arsch.«

Heera lächelt unter Tränen. »Auch Roy ist es herausgerutscht.«

»Ich hab dich auch nicht mehr so genannt, seit wir hier in der Sauna sind«, scherzt Pia, darauf lacht Heera und wischt ihre Tränen weg.

»Kay ist der Einzige, der mich immer Heera nennt.«

»Kay ist ja auch perfekt für diese Welt.«

Beide lachen und verlassen die Sauna.

»Heera, wenn du gehen willst ... ich werde dich nicht aufhalten, aber für mich bist du eine Freundin geworden«, sagt Pia aufrecht. »Eine neue Freundin.«

Am nächsten Tag kommt Heera erholt ins Hauptquartier und findet es fast leer vor.

»Wo sind die alle?«, fragt sie Clark, der ihr entgegenkommt.

»Roy hat einen Auftrag und hat die Handvoll Agenten auf der Insel mitgenommen.«

»Kein Training für mich?«, fragt sie voller Vorfreude, aber die hält nicht lange an.

»Vjai erwartet dich im Untergeschoss für eine Anprobe.«

»Diese Scheißklamotten«, äußert sie ihre Gedanken laut.

»Komm, ich geb dir was.«

Er führt sie in einen Raum gegenüber von dem Besprechungsraum, in dem sie noch nie war, daher bleibt sie kurz im Türrahmen stehen.

Der Raum ist dunkel, nur die vielen Bildschirme geben ein blauschwarzes Licht ab.

»Willkommen in meinem Büro«, sagt Clark voller Stolz und breitet die Arme aus.

»Was ist deine Aufgabe?« Sie tritt vorsichtig in den Raum ein.

»Ich überwache die Inseln.« Er zeigt auf die rechte Seite, wo sechs Bildschirme stehen und davor eine große Konsole ist. »Oh, und hier.« Aufgeregt deutet er auf die linke Seite des Zimmers. »Kann ich mit der Außenwelt kommunizieren!«

Der Monitor nimmt die halbe Wand ein und hat verschiedene Fenster offen.

»Wie alt bist du?«, fragt Heera und starrt auf die ganzen Monitore, die vorne an der Wand hängen.

»Ich bin siebzehn.«

»Ganz schön viel Verantwortung für einen so jungen Mann.«

Er fühlt sich geschmeichelt und schiebt seine überdimensionale Brille, die sein ganzes Gesicht einnimmt, auf die Nase zurück.

»Es liegt in den Genen, meine Eltern sind Programmierer.«

»Du kennst deine Eltern?«, fragt sie erstaunt, wo sie doch weiß, dass die Agenten Waisenkinder sind.

»Meine Eltern sind auch Agenten.«

»Wow.«

»Wir sind die nächste Generation.«

»Hast du noch Geschwister oder meinst du andere Agenten oder Familien?«

»Sowohl als auch. Meine ältere Schwester studiert Medizin in Amerika und mein jüngerer Bruder geht noch zur Schule.«

»Agenten-Schule?«

»Er weiß noch nicht, was er werden will, daher geht er in eine normale Schule.«

Er läuft zu einem Tisch ganz vorne in der Ecke. Darauf stehen Werkzeuge, Drahtspulen, Kabel und kaputte Geräte.

»Das habe ich für dich gemacht.« Er gibt ihr zwei Ohrringe in einer Schachtel.

»Oh, die sind schön.«

»Die haben einen versteckten Sender. Wir können dich hören.«

»Kann ich euch auch hören?«

»Nein. Es ist einseitig, aber ich arbeite daran, dass es bald beidseitig geht.«

Sie betrachtet die Ohrringe und erkennt den Sender, der drin versteckt sein soll, nicht.

»Gute Arbeit.« Besorgt sieht sie ihn an. »Haben deine Eltern keine Angst um dich, wenn du Aufträge annimmst?«

»Ich verlasse die Insel so gut wie nie«, sagt er lachend. »Früher hat mein Vater die Insel überwacht und hat mich mitgenommen und mir einiges gezeigt.« Wieder schiebt er seine braune Brille über die Nase, die zu seinen braunen Haaren passt. »Er hat nicht damit gerechnet, dass ich mich für diese Arbeit begeistern werde.«

»Als Programmierer hätte er es ausrechnen können.« Ihr ist das Wortspiel aufgefallen.

»Ich hab schon gehört, dass du witzig bist.«

Sie macht eine wegwerfende Handbewegung. »Ich bin nur sarkastisch.«

Er sieht sie eingehend an. »So, jetzt musst du zu Vjai.« Er deutet auf die Tür.

Heera nimmt die Schachtel mit den Ohrringen und geht ins Untergeschoss.

»Das alles sitzt gut. Wie fühlst du dich?«, fragt Vjai, als Heera ihr ganzes Outfit angezogen hat.

»Ich fühle mich nackt.«

Ihre Schultern liegen frei, ihr Spitzenrock geht nur knapp über ihren Po, daher bestand sie darauf, dass sie einen Slip anzieht, der ihre Pobacken bedeckt.

»Du bist nicht nackt, Mac.« Er hat sich über ihre Stiefelletten gebeugt und nicht gemerkt, dass er sie Mac genannt hat.

»Ich bin nicht Mac«, sagt sie sauer.

Er sieht hoch zu ihr, und bevor er etwas sagen kann, kommt Kay herein.

»Oh wow, du siehst genauso aus wie ...«

»Wie Mac!?«, unterbricht sie ihn barsch.

»Nein.« Kay ist verwirrt. »Ich wollte sagen ...«

»Erspar mir das.« Sie nimmt ihren knielangen weißen Mantel und zieht ihn an, während sie die Treppen zum ersten Stock hochstampft.

Plötzlich ist Kay an ihrer Seite und sie zuckt zusammen.

»Komm mit«, sagt er bestimmend und lotst sie in das Besprechungszimmer.

»Ich kann Mac nicht gerecht werden«, sagt sie, in dem Zimmer angekommen.

»Das verlangt auch keiner.«

»Ihr wünscht euch alle, dass Mac hier wäre.«

»Nein ... ja ... ich meine.«

»Ich bin nicht Mac«, wiederholt sie, um ihr Entsetzen zu verdeutlichen.

Bevor er darauf eingeht, bedeutet er ihr, Platz zu nehmen, und gibt ihr eine Flasche Wasser. Sie trinkt so hastig, als ob sie seit Tagen nichts getrunken hätte.

»Hör mir jetzt bitte einmal zu.« Er setzt sich neben sie.

Das Wasser hat sie etwas beruhigt, daher nickt sie.

»Keiner erwartet, dass du ihr gerecht wirst oder sie wirst.«

»Ich wünschte ja selber, dass sie hier wäre«, erklärt sie sich.

»Mac war sehr gut, aber ich bin der Meinung, dass du besser in die Rolle passt.«

Sie guckt ihn erstaunt an.

»Ich bin mir sicher, dass Martinez dir aus der Hand fressen wird. Wenn du mir den Vergleich erlaubst.«

»Wie das?«

»Du bist weiblicher. Du wirkst verletzlicher und deine Zurückhaltung ist ...«, er schweigt.

»Ist?«

»Du wirst ihn dazu bringen, dass er zu uns überläuft.« Kay beendet seinen vorherigen Satz nicht.

»Ich habe Angst, zu versagen.«

»Das haben wir auch jedes Mal, wenn wir einen neuen Auftrag annehmen. Aber wir bereiten dich so gut es geht vor.«

Sie ist in Gedanken versunken, als er weiterspricht:

»Wir üben jetzt das Treffen mit Martinez.«

»Ok.«

»Aufstehen«, bittet er sie und stellt die Stühle gegenüber. »Wollen wir?«

Sie atmet tief ein und macht kurz die Augen zu. Als sie sie wieder aufmacht, nickt sie.

»Hallo Destiny.«

An den Namen muss sie sich auch noch gewöhnen.

Zur Begrüßung umarmt er sie und sie versteift sich, daher lässt er sie los. Sie erkennt ihren Fehler und erwidert sicher:

»Gut, ich bin jetzt so weit.«

Doch gleich darauf ist sie wieder unsicher, als er sie fragt, ob er den Mantel haben kann.

Aufbauend lächelt er sie an. »Deswegen machen wir das hier ja.«

Die Tür geht auf und Alistair kommt herein.

»Ah, Alistair, gut, dass du kommst.«

»Was gibt's?«, fragt er ihn müde.

»Wir gehen das Treffen mit Martinez durch.«

»Und?«

»Kannst du kurz bleiben, um die Anstandsdame zu spielen?«

Fragend sieht sie ihn an.

»Für mich«, sagt er schnell.

»Hast du Angst, dass du so unwiderstehlich bist, dass ich über dich herfalle?«

»Genau das ist meine Befürchtung.«

Beide lächeln und Heera wird leicht rot.

Alistair setzt sich auf die Couch, die ganz hinten im Raum steht.

Durch diesen Witz und durch die Anwesenheit von Alistair ist die Situation etwas aufgelockert.

Kay nimmt ihr den Mantel ab und rückt ihr den Stuhl zurecht, dabei achtet er darauf, dass sie mit dem Rücken zu Alistair sitzt.

»Was möchtest du trinken?«, spielt er seine Rolle als Martinez weiter.

Ihr wurde gesagt, dass sie Gin Tonic bestellen soll, darauf bekommt sie Sprudelwasser mit Eis.

»Ich hab mich über deine Nachricht gefreut.«

Er rückt etwas näher an sie heran und sie lächelt verkrampft.

»Ich musste oft an dich denken«, spricht sie ihren Dialog auf.

Sie hat ein paar Zeilen zum Auswendiglernen bekommen und alles andere muss sie dann improvisieren.

Er streift mit den Fingern ihre Wange und aus Reflex wehrt sie seine Hand ab.

»Oh!« Sie schielt zu Alistair und sieht, dass er auf der Couch eingeschlafen ist.

»Das ist aber keine zuverlässige Anstandsdame.«

Kay lächelt und sie steht auf und legt vorsichtig ihren Mantel über Alistair. Er ist zwar mit seiner braunen Lederjacke eingeschlafen, aber dennoch ist es kalt für ein Nickerchen.

»Ich mach's dir nicht leicht«, flüstert sie zu Kay.

»Du sollst es für dich leicht machen.«

Sie kommt auf Kay zu und er steht auf.

»Diese Krawatte gefällt mir nicht«, sagt er und nimmt ihr die dünne weiße Krawatte ab.

Heera weiß nicht, ob das noch zur Probe gehört, daher bleibt sie ruhig stehen. Kurz sieht er in ihre Augen, dann legt er sanft seinen Arm um ihre Taille und diesmal lässt sie es zu. Sanft lotst er sie zum Tisch und drückt sie darauf. Immer noch ist sie etwas verwirrt, aber sie lässt sich nichts anmerken.

Als er mit der rechten Hand unter ihrem Rock ist, greift sie ein und hält sein Handgelenk fest, doch er packt ihren andern Arm und legt sie auf den Tisch.

Sie hat keine Angst, doch sie fragt sich, wie sie

darauf reagieren soll. Als seine Hand oberhalb des Oberschenkels ist, sagt er:

»Wäre jetzt nicht gut, eine Waffe zu haben?«

Heera wird klar, dass es keine Probe, sondern eine Prüfung ist.

»Wenn du dabei bist ...«, sie entspannt sich und lässt seine Hand los, »dann brauche ich keine Waffe.«

»Vielleicht kann ich nicht rechtzeitig da sein.«

Er schielt seitlich zu Alistair, der leise schnarcht. Sie folgt seinem Blick und legt ihre linke Hand an seinen Hals, dann streift sie mit dem Daumen über seine Wange.

»Ich vertraue dir.«

Damit hat er nicht gerechnet und richtet sich wieder auf, dabei lässt er auch ihre andere Hand los. Sie hält sich an seinem Arm fest und setzt sich auf den Tisch.

»Ich möchte, dass du in Sicherheit bist.«

»Wo könnte ich sicherer sein als bei dir?!«

Sie rutscht ganz nah zu ihm, dabei hat sie noch die Hand an seiner Wange und die andere legt sie jetzt auf seine Schulter.

»Ist das nicht ein guter Grund, um keine Waffe zu tragen?«

»Heera.«

Es freut sie, dass er sie mit ihrem Namen anspricht, daher geht sie ganz nah an sein Gesicht und wiederholt die Frage.

»Junge Dame!«

Kay und Heera zucken zusammen und sehen, wie Alistair sich aufrecht hinsetzt.

»Das ist nah genug.«

Ertappt lächeln Heera und Kay. Er stellt sie auf die Füße und sie geht zu Alistair und streckt ihre Hand aus.

»Ich hatte ihn fast.«

Alistair gibt ihr den Mantel und sagt:

»Daher musste ich ja eingreifen.«

Schmunzelnd geht sie aus dem Zimmer.

Kay steht immer noch wie angewurzelt da und sagt gedankenverloren:

»Sie hat mich fast überzeugt.«

Alistair verlässt lachend das Zimmer.

»Du hast gute Fortschritte gemacht«, lobt Roy sie. »Du wirst morgen Abend Martinez überzeugen können.«

»Danke.«

Heera will seine Zuversicht nicht schmälern, aber sie ist nicht der gleichen Meinung wie Roy.

»Du sprichst in so kurzer Zeit perfekt Englisch und kannst Mac so gut nachahmen«, muntert er sie auf, weil er ihre Selbstzweifel sieht.

Sie hat von Mac ein paar Aufnahmen in Dauerschleife angesehen und ihre Bewegungen vor dem Spiegel geübt.

»Ich konnte Alistair nicht einmal besiegen.«
Enttäuscht senkt sie ihren Kopf.

»Alistair hat einen schwarzen Gürtel und er kämpft, seit er drei Jahre alt ist.«

Roy lacht, als ihm die Erinnerung kommt, wo er Alistair das erste Mal gesehen hat. Er prügelte sich mit zwei Sechsjährigen auf dem Hof des Waisenhauses.

»Er war ein guter Lehrer«, sagt sie jetzt sicher. »Ich kann die Grundlagen der Selbstverteidigung.«

Roy nickt zuversichtlich.

Zu Hause bringt sie Sona ins Bett und erklärt ihr noch einmal den morgigen Tagesablauf. Sona freut sich, dass sie bei ihrer Freundin schlafen darf.

Heera kann die ganze Nacht nicht schlafen.

Nach dem Frühstück bringt Heera sie in den Kindergarten und von dort aus nimmt der Vater der Freundin sie mit zu sich nach Hause.

Am Nachmittag fliegen Roy, Kay und sie in die Schweiz.

Minimale Besatzung, um nicht aufzufallen. In der Nähe von dem Clubhaus checken sie in einem Hotel ein.

Heera zieht sich um und fühlt sich nackt. Einerseits wegen der Kleidung und andererseits fühlt sie sich schutzlos.

Es klopft und sie öffnet Kay die Tür.

»Bist du fertig?«, fragt er sie nach der Begrüßung.

»So gut wie, ich brauch noch meinen Mantel.«

»Warte mal.«

Überrascht bleibt sie stehen und er holt aus seinem Sakko einen Dolch heraus.

»Ich weiß, was du von Waffen hältst, aber kannst du zu meiner Beruhigung eine tragen?«

Sie ist ergriffen von seiner Fürsorge. »Ich wüsste nicht, wo ich ein Messer verstecken soll.«

Demonstrativ zeigt sie auf ihr Outfit mit dem kurzen Rock und dem engen Korsett. Lächelnd holt er aus der gleichen Tasche ein Strumpfband heraus.

»Das wird Martinez sehen, wenn ich mich hinsetze.«

»Das soll er auch.« Er gibt ihr die zwei Sachen in die Hand. »Er soll sehen, dass du eine Rose mit Dornen bist.«

Geschmeichelt will sie gerade ins Bad gehen, als er ihr Handgelenk nimmt.

»Das ist ein Glücksbringer für dich.«

Er bindet ihr ein Kettchen mit einer Schneeflocke als Anhänger aus Silber um das Handgelenk.

»Wow, vielen Dank ... es ist wunderschön.« Gerührt umfasst sie das Armband.

»Den Dolch musst du später zurückgeben, aber

das kannst du behalten, es ist ein Geschenk.« Gedankenverloren hält er immer noch ihre Hand.

»Dankeschön. Den Dolch wollte ich sowieso nicht behalten.«

Der Dolch steckt in einer hellsilbernen Scheide. Die drei Strasssteine darauf verleihen ihr Eleganz.

Sie legt den Dolch mit dem Strumpfband an ihrem rechten Oberschenkel an.

»Ich bleibe eine Rose ohne Dornen.«

Ein letztes Mal sieht sie in den großen Spiegel, der bis zum Boden ragt.

Durch das Training hat sie abgenommen, ihre Haut ist gestrafft, ein paar Muskeln hier und da. Mit dem dezenten Make-up fühlt sie sich wohl. Sie zieht ihren Mantel an und auf einmal hat sie Selbstvertrauen. Ob es an dem Dolch oder an Kays Obhut liegt oder an ihrem Training, kann sie nicht sagen.

Roy fährt Heera als Taxifahrer verkleidet in das Clubhaus.

»Viel Erfolg«, sagt er zu ihr und sie steigt mit zitternden Händen aus dem Taxi.

Kurz bleibt sie in der Tür stehen und schielt zu dem Eiswagen, in dem Kay sitzt und sie überwacht.

Umständlich berührt sie ihren Ohrring und gleich darauf blinkt eine kleine Leuchte an dem Wagen.

Kay ist da!

Sie kann keinen Stöpsel im Ohr tragen, das würde auffallen, daher nur die Ohrringe, mit denen Kay die Unterhaltung mithören kann. Mit hoch erhobenem Kopf streckt sie sich und geht hinein.

In der Lobby wird sie von einer Frau in einem engen, kurzen schwarzen Kleid begrüßt, die ihre Hand nach dem Mantel ausstreckt. Heera gibt ihr den Mantel nicht und sagt unsicher:

»Ich werde erwartet.«

»Ah, du musst Destiny sein. Bitte hier entlang.«

Sie gehen die Treppen hoch.

»Im ersten Stock ist die Diskothek«, sagt die Frau, die ihre blonden Haare zu einem Dutt hochgesteckt hat. Im zweiten Stock angekommen macht sie gegenüber der Bar eine Tür auf.

»Das ist die Lounge von Herrn Martinez.«

Heera nickt ihr nur zu und betritt die Lounge mit Herzrasen.

Ein durchschnittlich großer Afroamerikaner sitzt auf der Couch und raucht hastig.

»Ahh, hallo Destiny.«

Mit schnellen Schritten kommt er auf sie zu und umarmt sie. Diesmal bleibt Heera entspannt und umarmt ihn ebenfalls.

Er nimmt ihr den Mantel ab und schmeißt ihn auf den gegenüberliegenden Sessel.

Selbst hat er eine schwarze Jeans, einen Pullover und eine Lederjacke an.

»Es muss *Schicksal* sein, dass du mich wiedersehen wolltest«, sagt er und lotst sie auf die Couch.

»Du glaubst an so 'nen Scheiß?« Sie gibt den Ton von Mac wieder.

Er streichelt über seinen Strichbart. »Ja, du nicht?«

»Nee, das kann doch nicht mein Schicksal sein.«

Sie nimmt seine Zigarette aus dem Aschenbecher und zieht kräftig daran. Das gehört auch zum Training, zu lernen, wie man raucht.

»Dein Name ist doch ... ach egal ...« Er guckt sie eingehend an. »Du hast mir bei unserem letzten Treffen von dieser Organisation erzählt.«

Heera raucht weiter und tut so, als ob sie keine Ahnung hat, wovon er redet. Es soll von ihm ausgehen, dass er überlaufen will, und nicht von ihr. Sie ist dennoch überrascht, dass es so schnell zur Sprache kommt.

»Du hast gesagt, dass sie mir dabei helfen können, aus dieser Scheiße rauszukommen.«

Nervös spielt er mit seiner Kette um den Hals. Seine vier Ringe klimpern an dem dicken Anhänger in der Form eines -M-, das mit Diamanten besetzt ist.

»Ah ja, ich kenn da jemanden, der kennt jemanden usw. ... du weißt schon.« Sie gibt sich als die Unnahbare.

»Du musst mir sagen, wer er ist.«

»Wieso?«

»Ich stecke bis zum Hals n Scheiße. Wenn ich bald nicht verschwinde, killen die mich.«

»Deine Bosse?«

»Der Boss.« Unruhig steht er auf und geht mit der Hand durch seine kurzgeschnittenen Haare. »Wenn er herausfindet, was ich gemacht habe ... und er wird es herausfinden ... ich bin so gut wie tot.«

»Ganz ruhig, Mann, was schiebst du für 'ne Panik auf der Titanic.« Heera lacht.

»Ich nehme dich mit.«

Er setzt sich zu ihr und sieht in ihre dunklen Augen.

»Ja gut, da lässt sich was machen.«

»Darauf trinken wir einen.« Er schenkt ihr ein Glas Wodka ein.

Zögernd nimmt sie es, jedoch trinkt sie nicht daraus.

»Glaub mir, Schätzchen, ich nehme dich mit.« Er stößt kräftig mit seinem Glas an ihres. »Wenn das nicht Destiny ist!« Wieder lacht er nervös und laut, als die Tür aufgeht und zwei Männer hereinkommen.

»Denis, wir müssen hier weg«, sagt einer hastig und holt seine Waffe heraus.

»Was'n los?« Martinez lallt leicht.

»Jim und Jerry sind unten und fragen nach dir«, sagt der andere, darauf ist Martinez hellwach und springt von der Couch.

»Was ist?«, fragt Heera verwirrt.

»Ich sag doch, ich steck tief in der Scheiße ... ich hab Geld genommen ... verdammt, wo ist meine Waffe?« Er springt von einer Ecke in die andere.

»Steh auf, du Schlampe.« Er scheucht Heera von der Couch.

»Nun mal langsam, du Arschloch.«

Heeras Herz rast, jedoch bleibt sie in ihrer Rolle.

»Ich verschwinde jetzt.«

Sie nimmt ihren Mantel und geht auf die Tür zu, darauf geht die auf und zwei weitere Männer kommen herein.

Einer der Männer schubst Heera zurück ins Zimmer und Martinez schießt auf den Mann. Der Schuss trifft Heera und sie prallt auf den Boden.

Die Männer starren kurz zu Heera und dann flieht Martinez durch eine zweite Tür, die hinter einem Gemälde versteckt ist. Alle folgen ihm und Heera liegt blutend alleine da.

Bevor sie ohnmächtig wird, hört sie Kays Stimme:

»Heera!«

Er kontrolliert ihren Puls und die Atmung. Sie blutet stark. Die ganze linke Seite ist nass vom Blut, dadurch kann er die Wunde nicht sehen. Er zieht das Korsett nach oben und tastet vorsichtig, dabei öffnet Heera die Augen.

»Heera!« Er tastet immer noch. »Wo bist du getroffen?«

»Hey, hey ...« Sie muss husten. »Ich dachte, ihr Agenten kennt alle Regeln.«

Er sieht in ihre Augen.

»Gefummelt wird ab dem dritten Date.«

Sie nimmt seine Hand und legt sie unter ihre linke Brust. Schnell nimmt er seinen Schal und schiebt ihn unter das Korsett auf die Wunde, dabei schreit sie auf.

»Kay ...«

»Nicht reden.« Er hebt sie auf seine Arme.

»Habt ihr ihn?«

»Das ist jetzt nicht wichtig.«

»Bitte.«

»Ja, wir haben ihn.«

Er rennt mit ihr nach unten, wo gerade ein Rettungswagen vorfährt.

»Die Mission war ein Erfolg«, flüstert sie an seiner Brust.

»Ja, sobald du wieder gesund bist.«

Sie legt ihre blutverschmierte Hand an seine Wange. »Es war ein Erfolg, du darfst dir keine Schuld geben.«

Sanft legt er sie auf die Trage und die Sanitäter fahren mit ihr los.

Roy holt Kay mit dem Taxi ab und fährt hinter dem Rettungswagen her.

Im Krankenhaus wird sie notoperiert.

»Keine lebenswichtigen Organe wurden verletzt, daher ist sie stabil«, berichtet der Chirurg.

»Können wir sie besuchen, Loris?«, fragt Roy.

»Durch den hohen Blutverlust und die Narkose wird sie wahrscheinlich erst morgen früh aufwachen«, sagt Loris, der auch zu der IA gehört.

»Aber ich denke, du wirst sie so schnell wie möglich nach Hause transportieren wollen.«

Roy nickt gedankenverloren.

»Wo liegt sie?«, fragt Kay.

»Kay ...« Loris will darauf beharren, dass jetzt nicht der richtige Zeitpunkt ist, sie zu sehen. Doch als er Kays Gesichtsausdruck sieht, sagt er:

»Zimmer 34.«

Heera sieht so klein und zerbrechlich in ihrem Krankenhausbett aus. Vorsichtig nimmt Kay ihre Hand in seine und achtet darauf, dass der Infusionsschlauch gerade hängt. Das EKG-Gerät piept leise und er sieht, dass die Herzfrequenz niedrig ist, aber regelmäßig, außer als er ihre Hand gehalten hat.

Die ganze Nacht sitzt er neben ihr und hält ihre Hand.

Am Morgen braucht Heera einige Minuten, um zu begreifen, wo sie ist. Dann fällt ihr Blick auf Kay, der in einem Stuhl neben ihr sitzt.

»Sona?«, fragt sie leise.

»Ihr geht es gut. Sie ist bei Alka.«

Müde schließt sie ihre Augen.

»Heera!«

Durch ihre Wimpern blickt sie ihn an.

»Du hättest eine Waffe tragen sollen.«

Beim Lächeln hält sie sich die linke Seite vor Schmerzen. Kay steht auf und drückt ihre Hand.

»Wir müssen dich so schnell wie möglich auf die Insel bringen.«

Sie nickt.

»Du könntest erkannt werden.«

»Und du machst dir um meinen Zustand Sorgen«, nuschelt sie.

»Loris würde uns begleiten.« Sorgsam legt er seine zweite Hand auf ihre Schulter. »Auf der Insel haben wir nur eine kleine Klinik, aber wir haben alles, was wir brauchen, falls du eine Infektion bekommen solltest.«

Heera weiß, dass die Worte eher seiner Beruhigung dienen als ihrer, denn sie macht sich keine Sorgen.

»Ich vertraue dir.« Sorglos fällt sie in einen tiefen Schlaf.

Am darauffolgenden Tag wird Heera unter strenger Beobachtung von Dr. Loris Zimmermann auf die Insel gebracht.

Froh darüber, in der Nähe von ihrem Kind und zu Hause zu sein, setzt die Heilung schneller ein und sie kann nach ein paar Tagen schon aufstehen.

Als sie ihren Namen im Flur hört, macht sie die Tür ihres Zimmers auf und will nachsehen, dabei bleibt sie im Rahmen stehen.

»Wie konntest du das zulassen?«, fragt Geneviève sauer.

»Ich habe meine Arbeit gemacht.« Roy spricht leise.

»Dir sollte die Leitung entzogen werden.« Man hört Genevièves Akzent kaum im Englischen.

»Du hast Mac nicht ernst genommen, als sie dir sagte, dass es da eine Bombe gibt.«

»Es gab keine Hinweise ...«, will er sich rechtfertigen, als sie ihn wütend unterbricht.

»Du bist alt und fett, dein Gehirn ist eingeschlafen.«

Indessen macht Heera ihre Tür auf und sieht, dass Alistair neben Roy steht und neben Geneviève ist Kay. Alle drehen sich zu ihr um.

»Es war meine Entscheidung.«

»Er hätte eine andere Lösung finden können und dich nicht in Gefahr bringen sollen.«

»Es waren viele Leben in Gefahr«, unterstützt Alistair Roy.

»Und ihr Leben?« Sie deutet auf Heeras Wunde.

»Das Wohlergehen vieler steht über dem einen.«

Roys Satz ist noch gar nicht richtig verklungen, als Geneviève ihm mit der Faust ins Gesicht schlägt und er rückwärts hinfällt.

»Ist deswegen Mac tot, weil sie nur *eine* war?« Ihre Wut treibt ihr Tränen in die Augen.

Kay hält sie an den Schultern und Alistair hilft Roy, wieder aufzustehen.

»Geneviève ...«

»Nimm meinen Namen nicht in deinen dreckigen Mund.«

Kay führt sie aus dem Krankenhaus, als einige Mitarbeiter um sie herumstehen.

Es gibt keine Patienten außer Heera, daher hat auch keiner wegen des Lärms etwas gesagt.

Roy sieht zu Heera und sagt: »Es tut mir leid.«

Sie schüttelt den Kopf und kann nichts erwidern.

Nach einer Woche kann Dr. Zimmermann beruhigt wieder in die Schweiz in das Krankenhaus, wo er tätig ist, denn Heera kann auch nach Hause.

Sie wird von Alka umsorgt, was ihr am Anfang unangenehm ist, aber dann nimmt sie die Hilfe dankend an. Auch weil der Tagesablauf für Sona wieder regelmäßig wird.

»Roy hat den Mistkerl geschnappt, der dich angeschossen hat«, berichtet Alka, als sie ihr eine Tasse Tee auf den Nachttisch stellt.

Heera atmet erleichtert auf und setzt sich halb auf. Sie muss an die Unterhaltung im Krankenhaus denken.

»Zum Glück war es nicht komplett ein Desaster, Roy ist so gut.« Lächelnd trinkt Alka ihren Tee.

Es klingelt an der Haustür, Alka sprintet wie eine Sechzehnjährige zur Tür und nach ein paar Minuten klopft es an ihrer Tür.

»Guten Tag.« Roy überreicht Heera eine Schachtel Pralinen.

»Sind da auch alle drin?«, scherzt Heera.

Er lacht. »Dir geht es besser.«

»Alka erzählte mir, dass ihr Martinez habt.«

»Dank dir! Er ist zur Kooperation bereit.«

»Ist mit dir und ...«, fängt Heera behutsam an.

»Geneviève und ich haben uns nie so richtig verstanden und Macs Tod hat sie nie wirklich verarbeitet«, rechtfertigt er sie.

»Es war meine Entscheidung«, wiederholt sie, was sie auch im Krankenhaus gesagt hat.

»Heera, am Ende trage ich die Bürde, aber das

ist ok, ich hab es auch selber ausgesucht und der Tod vieler Agenten lastet auf mir.«

Sie kann nicht leugnen, dass er sehr einsam sein muss.

»Hast du Hunger?«, fragt Alka Roy, die gerade ins Zimmer kommt. »Ich hab für die Kleine Spaghetti Bolognese gemacht, ist nix Besonderes.«

»Dein Spiegelei ist schon was Besonderes. Ich würde gern was essen.«

Alka kichert und die beiden gehen nach unten in die Küche. Als Heera ihren Tee nehmen will, klopft es erneut.

»Herein!«

»Hallo!«

»Hey Alistair.«

»Man, siehst du übel aus.« Er umarmt sie, doch sie wehrt es ab.

»Man, hör mit so vielen Komplimenten auf, ich werd ja ganz rot.«

»Du siehst sehr blass aus.« Lachend wirft er sich neben ihr auf das Bett.

»Wo warst du?«, fragt sie vorwurfsvoll.

»Entschuldige, hatte einen Auftrag, der länger dauerte.«

»Lass mich raten: streng geheim.«

Er verschränkt seine Hände hinter seinem Kopf und ihr Lächeln verschwindet. Er sieht mitgenommen aus und Mitleid erfasst sie, dass er so jung so viel Elend sehen muss.

»Ich hab gehört, dass du eine Narbe hast.«

Er macht Anstalten, ihr Hemd hochzuziehen. Schnell haut sie ihm auf die Finger und er lacht wie ein kleiner Junge.

»Solltest du nicht da unten sein und die Anstandsdame spielen?«, fragt sie ihn.

»Nä, die sind zu alt, um eine schnelle Nummer in der Küche zu schieben.«

Heera lacht, aber wirft ein Kissen in sein Gesicht. Unterdessen kommt Pia ins Zimmer und äußert das Gleiche:

»Da unten knistert es ja wie in einem Kamin in einer Winternacht.«

Heera kichert und Alistair sagt:

»Hier auch.«

»Ja, genau wie im Laub.«

Pia setzt sich ans Fußende und Heera lacht herzhaft, dabei hält sie ihre linke Seite fest.

»Tut es noch weh?«, fragt Pia.

»Nur, wenn ich lache.« Sie lacht weiter. »Wo kommt ihr alle her?«

»Ich sollte diesen Gnom ...«, Pia nickt mit dem Kopf in die Richtung von Alistair. »Vom Schiff abholen und da er zu dir wollte, bin ich auch mit.«

»Es hätte schneller gehen können, wenn die Hexe von Oz nicht ihren Besen zu Hause gelassen hätte«, kontert Alistair.

»Dein fetter Arsch hätte sowieso nicht darauf gepasst.«

Lachend redet Heera dazwischen: »Ihr streitet wie Geschwister.«

»Ihh!!!«, rufen beide gleichzeitig.

Heera wird still, denn die Erinnerung an ihre Geschwister holt sie ein.

»Alistair!!!« Die Stimme von Roy kommt von unten. »Wir müssen los.«

»Los, Junge! Papa ruft«, sagt Pia.

»Halt die Klappe.«

Als Alistair und Roy gehen, verabschiedet sich auch Pia.

Wie heißt es so schön: *Die Zeit heilt alle Wunden.*

Von Tag zu Tag geht es Heera besser, und als sie Sona in den Kindergarten gebracht hat, biegt sie in die Straße zu den Klippen ein.

Die runden Steine sieht man schon von Weitem, denn das Gras ist säuberlich kurz geschnitten.

Sie parkt in der Nähe von Macs Grab und läuft langsam darauf zu. Einerseits, weil sie Schmerzen hat, und andererseits fühlt sie sich doch etwas unwohl, obwohl sie herkommen wollte.

»Hi, Mac«, sagt sie leise. »Man schätzt erst die Arbeit der anderen, wenn man es selbst gemacht hat.« Automatisch greift sie an ihre Wunde. »Deine Arbeit war wichtig ... du warst wichtig. Ich bedauere deinen Tod, aber ich bin dir dankbar, dass ich deine Arbeit machen konnte oder eher deine Arbeit beenden konnte.«

Der Monolog fließt, wenn man einmal angefangen hat.

»Deine Leute lieben und schätzen dich sehr. Vielleicht haben sie es dir nicht zeigen können, aber ich spürte sehr stark, dass sie dich vermissen.«

Sie setzt sich neben den Stein.

»Ich verstehe auch, warum du Alistair gemocht hast.« Sie lächelt vor sich hin. »Er ist schon was Besonderes, sehr charmant, aber was du wolltest, konnte er dir nicht geben.«

Die Wunde tut weh, daher lehnt sie sich an den Stein.

»Gerade kann ich mir nicht mal vorstellen, dass er überhaupt einer Frau das geben kann.« Gedankenversunken lächelt sie wieder.

»Vielleicht irgendwann, wenn er sich verliebt. Eine Frau so sehr liebt ... man, das müsste dann mal eine Frau sein. Eine Frau nicht von dieser Welt.« Laut lachend schüttelt sie ihren Kopf. »Denkst du nicht auch? Ich bedauere, dass du nicht in den Genuss des Heiratens und Kinderkriegens gekommen bist. Aber wenn du dich in Kay verliebt hättest ... ihr hättet hübsche Kinder ...«

In dem Moment biegt ein schwarzer Mercedes SKL in die Straße ein und hält hinter Heeras Auto an.

»Oje, hab ich seinen Namen dreimal zu laut ausgesprochen?«

Immer noch sitzend winkt sie Kay, der auf sie zukommt.

»Hallo.«

»Hi.«

»Zwei Dumme, ein Gedanke«, sagt er überrascht.

»Ich sage immer: zwei Kluge, ein Gedanke.«

»Das ist auch besser. Ich wollte später auch zu dir kommen und dir sagen, dass wir das Kartell zerschlagen haben.« Er setzt sich vor ihr hin.

»Das sind ja super Nachrichten.«

»Um genau zu sein, unsere Kollegen in Shanghai. Die haben durch die Infos von Martinez den Boss verhaften können.«

»Martinez wird doch nicht hier auf der Insel untertauchen, oder?«, fragt sie ängstlich.

»Nein, nein. Erstens braucht er sich nicht zu verstecken und zweitens haben wir für solche Leute, die ehemalige Verbrecher oder Täter sind, andere Ortschaften.«

Beruhigt hängt sie ihren Gedanken nach und spricht es dann aus:

»Du wolltest es Mac erzählen.«

»Und warum bist du hier?«

»Ich wollte ihr sagen, wie sehr ich sie schätze bzw. ihre Arbeit.« Heera setzt sich aufrecht hin. »Mac wäre sicherlich der Kugel ausgewichen.«

»Nur wenn sie Supermann wäre.«

»Supermann braucht nicht auszuweichen. Er ist kugelsicher.«

Amüsiert sieht er sie an und sie steht verlegen auf, dabei hält sie ihre linke Seite.

»Tut es weh?«

»Etwas. Ich hab zu lange auf dem kalten Boden gesessen.«

»Ich fahr dich in die Klinik.«

»Ist schon gut ... es ist nix.« Doch beim ersten Schritt beugt sie sich nach vorne.

»Lass mal sehen.«

Sie zögert.

»Ich glaube, beim vierten Date ist unter die Bluse greifen erlaubt, oder nicht?«

Schüchtern lächelt sie ihn an. »Ich glaub, du hast ein paar Dates übersprungen.« Vor Schmerzen drückt sie seinen Arm fest.

»Darf ich?«

Als sie nickt, hebt er sie hoch und läuft zum Auto.

»Ich lass dein Auto später abholen.«

Die Insel ist so sicher, jeder kennt jeden, und da sie überwiegend Agenten sind, arbeiten sie nicht für Ruhm und Reichtum. Sie arbeiten für Harmonie, Freiheit und Sicherheit, für ein einfaches Leben. Was Heera sehr schätzt.

In der Klinik, die man eher eine große Praxis nennen kann, werden sie am Eingang vom entgegenkommenden Alistair begrüßt.

»Hallo ihr zwei.« Nach einem Blick auf Heera fragt er: »Alles ok?«

»Sie hat starke Schmerzen«, übernimmt Kay das Reden.

»Ich hol ihr einen Rollstuhl.«

Die Ärztin steht am Empfang und kommt mit schnellen Schritten zu ihr.

»Meine Güte, Heera, hab ich dir nicht strenge Bettruhe verordnet?«

»Ich liege schon seit Wochen im Bett.« Inzwischen sitzt sie im Rollstuhl.

»Es ist ja auch eine Schusswunde und kein Schnitt mit dem Küchenmesser«, tadelt sie sie.

»Zara, flick sie zusammen ...«, mischt sich Alistair ein. »Und ich sorge dafür, dass sie im Bett bleibt. Auch wenn ich sie fesseln muss.«

Heera stützt ihren Kopf auf der Hand ab und beim Sprechen beißt sie die Zähne zusammen:

»Traum eines jeden Mannes.«

»Nicht nur eines Mannes.« Zara zwinkert Alistair zu und wendet sich dann an Heera. »Ich seh mir mal die Wunde an.«

Sie schiebt sie in den Behandlungsraum und Heera fragt schnell:

»Kann einer von euch beiden bitte Sona abholen?«

»Alka?«, fragt Alistair.

»Sie hat was vor.«

Heera verschweigt, dass Alka und Roy ein Date haben.

Kurz wechseln Kay und Alistair einen Blick, dann sagt Kay:

»Ich hol Sona ab und du bringst sie nach Hause.« Als er sich umdreht und Zara weiter den Rollstuhl schiebt, fügt er noch hinzu: »Aber nicht ans Bett fesseln.«

»Ich wusste gar nicht, dass Kay witzig sein kann«, sagt Zara, als sie die Tür des Behandlungsraums schließt.

»Kennst du ihn schon lange?«

Heera setzt sich auf die Liege und Zara macht den Verband auf.

»Seit seine Kollegin hier begraben wurde.«

Genau wie ich.

»Das sieht sehr gut aus. Keine Infektion. Die Schmerzen kommen von der Heilung«, berichtet Zara und holt frisches Verbandsmaterial aus der Schublade. »Hast du noch Schmerzmittel?«

»Ein paar. Aber wenn du mir noch etwas aufschreibst, verspreche ich dir, sparsam damit umzugehen.«

»Da mache ich mir keine Sorgen. Allerdings schreibe ich dir lieber Antidepressiva auf.« Heera

will erst verneinen, doch Zara kommt ihr zuvor:
»Du hast einen leichten psychischen Knacks.«

»Ist das deine fachärztliche medizinische Diagnose?«

»Ich weiß, dass die meisten Patienten es für eine Schwäche ansehen, daher wollte ich nicht mit *rezidivierender depressiver Störung mit schweren Episoden ohne psychotische Symptome* fachsimpeln.«

»Ich liege doch die ganze Zeit«, wehrt Heera ab.

»Deine Gedanken kommen nicht zur Ruhe.« Sie gibt ihr das Rezept. »Ist pflanzlich und auch nur für kurze Zeit.«

»Das ist schon das zweite Mal ...«

»Dein ganzes Leben wird gerade umgeschrieben. Denkst du, dass das über Nacht passiert?! Du musst dir Zeit nehmen, das zu bearbeiten, und dir Zeit geben.« Zara setzt sich neben sie. »Ich habe unsere Psychologin in Kenntnis gesetzt ...«

»Ich soll noch eine Therapie machen?«

»Das wird dir helfen.«

Heera nickt und nimmt das Rezept an sich.

Alistair bringt sie nach Hause und Kay trifft mit Sona zur selben Zeit dort ein.

»Was hat Zara gesagt?«, fragt Kay.

»Es ist nix«, gibt sie müde zurück.

Kay will gerade nachhaken, als sein Handy klingelt.

»Ich muss los«, sagt er nach dem Auflegen, dann sieht er zu Alistair.

»Ich bleibe hier.«

»Das musst du nicht«, widerspricht sie Alistair.

Kay steht unschlüssig da. Sie haben erfahren, dass Alka übers Wochenende verreist ist und Pia einen Auftrag hat. Heera in so einem Zustand alleine zu lassen, wäre fahrlässig.

»Ich bleibe hier«, wiederholt Alistair und guckt Kay an, daraufhin nickt er.

»Tja, dein Pech! Sona und ich machen einen Disney-Day«, grinst Heera Alistair an und er sieht verzweifelt zu Kay. Lächelnd verlässt Kay das Haus.

Sona holt ihre Decke und Kissen und Heera bittet Alistair, die Couch herauszuziehen, dann ihr Bettzeug zu holen.

Alistair setzt sich auf den Sessel und legt seine Füße auf den Hocker.

»Also, was gucken wir?«, fragt er schon ängstlich.

Heera gibt ihm eine Decke.

»*Schneewittchen*!«, kommt Sona ihr zuvor.

»Oh nee, doch nicht so alte Filme. Es gibt auch gute neue Filme.«

Sona hat Mitgefühl, daher fragt sie: »Welchen Film willst du gucken?«

»*Hercules*.«

Heera und Sona lachen.

»Wir gucken auf Deutsch und da spricht Till Schweiger die Synchronstimme.«

Skeptisch sieht er die beiden an.

»Ich mag seine Stimme, dadurch wirkt Hercules so süß.«

Nach einigem Hin und Her sind alle für *Findet Nemo*. Als Sona das Popcorn holen geht, überspringt Heera die ersten Szenen, in denen Nemo als einziges Ei überlebt. Alistair guckt sie fragend an.

»Kapierst du, wenn du selber Kinder hast.«

»Ich will keine Kinder.«

»Ja, weil du selber noch ein Kind bist.«

Er verdreht die Augen und sie lacht leise.

Eigentlich sollte es ein Disney-Marathon werden, aber Alistair schläft schon, bevor Dorie ihren Auftritt hat, und Sona bei Bruce.

Heera deckt Alistair zu. Er sieht so unschuldig aus, wenn er schläft. Sie hat das Gefühl, dass er nicht nur wegen ihr geblieben ist. Er kann zurzeit nicht alleine sein.

Unbewusst streift sie durch seine blonden Haare und er hält ihre Hand fest, dann murmelt er:

»Nicht jetzt, Schätzchen.«

Lächelnd schüttelt sie ihren Kopf und klappst

leicht auf seine Wange, darauf dreht er sich schmunzelnd um.

Das ganze Wochenende verbringen Sona und Heera auf der Couch. Alka hat so viel Essen dagelassen, dass sie nicht mal kochen brauchen.

Kurz gehen sie um den Block. Heera kann nur kurze Strecken laufen, aber durch die gemeinsame Zeit mit ihrer Tochter schöpft sie wieder Kraft und vorerst will sie ihre Antidepressiva nicht einnehmen. Dennoch nimmt sie ihre Gesundheit nicht auf die leichte Schulter und dosiert die Tabletten niedrig ein.

Auch wenn sie selber mit ihrem Leben gerade nicht klarkommt, ist sie froh, dass Sona sich gut integriert hat.

Es gibt wenige Kinder auf der Insel, daher gibt es eine große Schule mit Kindergarten. Die Kinder sollen soziale Kontakte bekommen und pflegen.

Sona findet es sehr aufregend, mit großen und kleinen Kindern zu spielen und zu lernen.

Die Schule geht von neun bis fünf Uhr, da hat Heera auch mal Freizeit für sich. In der Heilpraktiker-Praxis ist nicht viel los, daher lässt sie sich als Heilpraktikerin ausbilden.

Und so kommt der Frühling.

»Guten Morgen!«

»Ah, hallo Kay.« Heera dreht sich zu ihm um.

»Du bist früh unterwegs.«

»Es ist Frühling und da wache ich mit der Sonne auf«, sagt sie fröhlich.

»Du siehst auch wie der blaue Frühlingshimmel aus.«

Sie hat ihr hellblaues, knielanges Kleid an. Geschmeichelt steckt sie eine dunkle Strähne hinters Ohr.

»Danke.«

»Hast du heute frei?«

»Ja!«

»Trinkst du einen Kaffee mit mir?«

»Ich wollte gerade frühstücken gehen.« Sie zeigt auf ein kleines Bistro, das einzige in ihrer Nähe. »Hast du schon gefrühstückt?«

»Nur ein Glas Wasser.«

»Gut, dann kannst du mich ja mit dem neuesten Tratsch unterhalten«, sagt sie und geht zum Bistro.

»Es gibt keinen Tratsch«, sagt er, während er ihr die Tür aufhält.

»Ich meinte ja auch nur, was es bei dir Neues gibt.«

Als sie sich gesetzt und bestellt haben, erzählt er:

»Du weißt doch, dass ich jetzt die Leitung von dem Hauptquartier der Insel übernommen habe.«

»Nimmst du jetzt keine Aufträge mehr an?«

»Die Arbeit erfüllt mich und es gibt viel zu tun.«

»Ach, was denn?« Sie schmiert ihr Brötchen. »Die Überwachung der guten Bürger?«

»Und die der Agenten, die manchmal wie Kinder sein können. Sie zu koordinieren, ist harte Arbeit.«

Nickend lächelt sie.

»Du weißt nicht, wie Vjai sein kann, wenn ein Gürtel fehlt.«

Sie lacht herzhaft. »Ich weiß, wie er sein kann.«

»Natürlich will Roy, dass ich wieder in den aktiven Dienst komme.«

»Und du willst nicht?«

»Ja, das auch, aber das andere ist: Er will, dass ich mit einem Partner zusammenarbeiten soll.« Er trinkt einen großen Schluck Wasser.

»Du bist noch nicht so weit, mit einer Partnerin zu arbeiten?«

Nur mit dem Kopf verneint er es.

»Alistair arbeitet doch auch alleine.«

»Er ist die Ausnahme.«

»Oh ja, das ist er.«

»Mac und ich waren zusammen auch eine Ausnahme.« Kurz hält er inne. »Ist es ok für dich, wenn ich mit dir über Mac spreche?«

»Natürlich.«

»Weil du gerade komisch geguckt hast.«

»Ja ... nein ... es ist nix.«

Sie verschweigt ihm, dass es nicht Mac ist, sondern *Mac und er.*

»Sie und ich waren seit unserer Kindheit Partner. Sie hatte überwiegend die Führung und ich stellte mich darauf ein.«

Verständnisvoll lächelt sie.

»Was ist?«

»Es ist schön zu sehen, dass du über sie sprechen kannst, ohne deinen Kiefer zusammenzubeißen.«

Verlegen geht er mit der Hand durch seine dunklen Haare. »Es ist fast ein Jahr her ... ich will die gute Zeit mit ihr aufrechterhalten.«

»Hattet ihr viele gute Zeiten?« Sie hofft, dass es nicht nach Eifersucht klingt, jedoch grinst er sie an.

»Es ist nicht so, wie du denkst.«

»Ach, ich denke gar nix.« Sie macht eine wegwerfende Handbewegung. »Es ist ja eure Sache ... ich meine, jeder hat eine Vergangenheit ...«, sie kommt ins Plappern. »Es geht mich ja nix an.«

»Das klingt nicht ganz so«, neckt er sie und sie wird leicht rot. »Wir haben nie miteinander geschlafen, falls du das wissen wolltest.«

»Natürlich nicht.«

»Obwohl wir uns nackt gesehen haben«, sagt er, ohne auf ihren Protest einzugehen. »Sie überraschte mich, als ich aus der Dusche kam, und ich sie, als sie duschen gehen wollte.«

Heera muss lächeln.

»Wir machten daraus einen Insider. *Ich geh jetzt duschen* ... bitte lass mich allein, sollte es heißen.« Auch wenn die Erinnerung witzig war, wird er ernst. »Sie sagte es auch, wenn sie mal sauer auf mich war.«

Heera legt ihre Hand auf seine.

»Bitte verzeih mir«, sagt er und drückt ihre Hand.

»Ich bitte dich, sie wird immer ein Teil deines Lebens sein.«

»Würde es dich stören?«

»Warum sollte es?«

Sie nimmt ihre Hand wieder zurück. Bevor Kay etwas erwidern kann, kommt die Kellnerin mit der Rechnung.

»Darf ich dich einladen?«

»Oh, ok, vielen Dank.«

Er begleitet sie bis zur Haustür.

»Heera, ich wollte dir noch etwas geben.«

»Ich hab schon Angst, zu fragen, was es ist, und hoffe, es ist keine Mission für mich.«

Er lacht und holt ein kleines Schmuckkästchen aus seiner braunen Lederjacke heraus.

»Herzlichen Glückwunsch zum Geburtstag.«

Überrascht macht sie große Augen.

»Ich dachte, du willst deinen richtigen Geburtstag feiern.«

Die IA hat ihr eine neue Identität mit einem neuen Geburtstag gegeben, und obendrein haben sie sie auch noch zwei Jahre jünger gemacht, worüber sie nicht ganz so begeistert ist.

»Wie aufmerksam von dir! Ja, natürlich feier ich meinen richtigen B-Day, ich liebe es. Aber nur mit Sona.« Dabei reißt sie die Schachtel auf. »Oh Kay, vielen Dank.«

Es ist eine Kette mit einer Schneeflocke als Anhänger, natürlich nicht die gleiche Schneeflocke wie an ihrem Armkettchen, die sie gerade auch anhat, was ihm aufgefallen ist.

»Ich zieh es gleich an ... komm doch rein.«

»Soll ich?«, fragend nimmt er die Kette an sich.

Zusammen treten sie ein. Sie guckt in den Spiegel, der gleich an der Haustür in der Garderobe hängt, während er ihr die Kette anlegt.

»Kay, ich weiß gar nicht, was ich sagen soll.« Sie dreht sich zu ihm um.

»Gar nichts.« Er legt seinen Arm um ihre Taille und zieht sie zu sich.

Der Kuss ist erst sanft, doch dann wird er leidenschaftlicher. Heiser sagt er an ihrem Ohr:

»Das ist nicht ganz wie geplant und ich hab wahrscheinlich ein paar Dates übersprungen.«

»Komm, lass es uns hinter uns bringen.« Berauscht zieht sie ihn zu sich.

»Das klingt nicht ganz so romantisch.« Lächelnd lockert er seine Umarmung.

Verlegen lächelt sie. »So meinte ich es nicht ... es ist nur ...«

Er führt sie zur Couch und nimmt ihre Hand.

»Ich hab so lange gewartet, bis du etwas unternimmst.«

»Ich wollte dir Zeit lassen, bis du dich an dein neues Leben gewöhnt hast«, erklärt er sich.

»Ich dachte, du siehst in mir Mac ... ich war ...«

Er rückt näher und nimmt sie in den Arm. »Als ich dich das erste Mal sah, dachte ich, dass du ihr sehr ähnlich siehst, aber ich sah eine Frau, die um ihr Kind besorgt war.«

Bescheiden sagt sie: »Das ist wohl jede Mutter.«

»Ich sah eine kluge Frau, die so schnell die Situation begriffen hat.« Behutsam schiebt er eine Strähne aus ihrem Gesicht.

»Du schmeichelst mir.«

Ernst blickt er in ihre Augen. »Ich sah eine mutige Frau.«

Schüchtern senkt sie ihren Blick.

»Eine Frau, die mit einem vermutlichen Serienkiller mitgegangen ist.«

Lächelnd erwidert sie: »Du sahst nicht wie ein Serienkiller aus.«

»Wie sieht ein Serienkiller aus?«, wiederholt er ihre Frage von damals.

Sanft legt sie ihre Hand an seinen Nacken. »Ich hatte das Gefühl, ich kann dir vertrauen.«

Ganz nah an ihren Lippen flüstert er: »Komm, lass es uns hinter uns bringen.«

Verlegen drückt sie ihn an der Schulter. »Klingt nicht gerade rom ...«

Der Rest geht im Kuss unter.

Heera muss eingenickt sein, denn sie hört nicht die Klingel, aber das laute Klopfen.

»Heeraa!!! Bist du zu Hausee?«

Die laute Stimme von Pia hallt durch das offene Schlafzimmerfenster und sie guckt erschrocken zu Kay.

»Willst du ...«

Schnell legt sie ihre Hand auf seinen Mund, damit er nicht weiter spricht.

Jetzt klingelt noch ihr Handy. Verzweifelt sieht sie zu Kay. Er nimmt ihre Hand weg und flüstert: »Gut, ich erledige das.« Er holt sein Handy aus der Hose, die am Bettrand hängt. »Hey Pia«, sagt er in den Hörer. »Tust du mir einen Gefallen? Kannst du bitte Clark für eine Stunde ablösen, damit er Pause machen kann?« Kay legt sich wieder zu Heera, das Handy noch immer am Ohr. »Ich wollte es machen, aber ich hab hier noch was zu tun.«

Er streichelt über Heeras Oberschenkel und sie legt schnell ihre Hand an ihren Mund, damit sie keinen verräterischen Ton von sich gibt.

»Ich schulde dir was«, beendet er das Telefonat.

Beide hören, wie ein Auto wegfährt.

Abrupt setzt sich Heera hin. »Du musst jetzt gehen.«

»Ich fühle mich irgendwie benutzt.«

Er macht keine Anstalten, um aufzustehen, sondern grinst sie nur an.

»Ja genau, das kannst du mit deinem Therapeuten besprechen.«

Sie gibt ihm sein Hemd, doch er nimmt ihren Oberarm und dreht sie zu sich.

»Willst du nicht mit mir zusammen gesehen werden?«

Schüchtern senkt sie ihren Blick und hält sein Hemd vor ihren nackten Körper. »Das ist es nicht.«

Langsam setzt er sich hin und nimmt sie in den Arm. »Was ist es dann?«

»Es soll nicht so rüberkommen, dass ich leicht zu haben bin«, flüstert sie an seiner Brust.

»Erstens würde ich das niemals zulassen und zweitens ...«, er hebt sanft ihr Kinn an, »es war nicht leicht, dich zu haben.«

Mit hochgezogenen Augenbrauen guckt sie erst ihn und dann das zerknüllte Bett an. Lachend folgt er ihrem Blick und zeigt auf ihr Armkettchen.

»Das habe ich dir schon vor Monaten gegeben, jetzt rate mal, wieso?«

»Um mich ins Bett zu kriegen«, spielt sie die Entrüstete und drückt das Hemd noch fester an sich.

»Endlich hast du es verstanden.«

Lachend nimmt er ihr das Hemd weg und wirft es über seine Schulter. Beim Küssen klingelt ihr Handy erneut. Sie will es ignorieren, jedoch bittet er sie:

»Geh ran.«

Sie zeigt auf sich, dass ihre Atmung zu schnell ist, dennoch gibt er ihr das Handy.

»Wir sind Agenten, wir geben nicht so leicht auf«, sagt er und drückt auf Annehmen.

»Hey!«, sagt sie schnell.

»*Hallo Heera, wie geht es dir?*«, fragt Alistair am anderen Ende der Leitung.

»Gut ... gut, danke, und dir?«

»*Du klingst etwas abgehetzt.*«

»Ja ... nein ... bin nur die Treppen zu schnell hochgelaufen.«

Kay lächelt an ihrem Dekolleté.

»*Also, ich wollte fragen, ob du heute Zeit hast?*«

Sie schiebt Kay von sich, damit sie sich etwas auf das Gespräch konzentrieren kann, aber er rutscht nur nach unten zu ihrem Bauch und küsst sie da weiter.

»Um was geht es?«

»*Ich wollte dich treffen. Bist du heute Nachmittag zu Hause?*«

»Jaahh«, ruft sie etwas zu laut, denn Kay küsst ihren Bauchnabel.

»*Alles ok?*«

»Ja.« Sie beißt auf die Lippen.

»*Gut, dann bis später?*«, fragt Alistair erneut.

»Ja klar«, sagt sie, um zum Ende zu kommen ... mit dem Gespräch.

»*Ich werde um vier Uhr da sein.*«

»Bis dann.«

Sie kann gerade noch den Knopf fürs Auflegen drücken, da fällt ihr das Smartphone aus der Hand, denn Kay küsst die Innenseite ihres Oberschenkels.

Erschöpft, aber glücklich hebt sie ihr Handgelenk und betrachtet das Armkettchen mit der Schneeflocke.

»Ich hab das nicht gleich realisiert.«

»Deswegen die Kette«, scherzt er und zieht sie noch enger an sich.

In dem Moment wird die Haustür aufgeschlossen.

»Hier ist es ja schlimmer als am Hauptbahnhof.«

Kichernd setzt sie sich hin.

»Es ist Alka. Sie erwartet nicht, dass ein nackter Mann in meinem Bett liegt.«

»Wenn du sie ablenkst, verschwinde ich aus der Haustür. Aus dem Fenster zu springen, weckt nur die Neugier der Nachbarn.«

Sie zögert.

»Wir machen es offiziell, indem ich dich zu einer richtigen Verabredung ausführe, dann gibt es keine Geheimnisse mehr.«

»Danke für dein Verständnis.«

»Ist doch selbstverständlich.«

Sie zieht sich an und begrüßt Alka.

»Ich hab mit der letzten Bestellung für das Festland Bindi geordert, die sind heute Morgen gekommen ... du wirst meine Bindi lieben.«

Heera umarmt sie. »Ich liebe doch alles, was du kochst.«

»Beti, geht es dir gut? Deine Wangen sind gerötet. Hast du Fieber?«

»Äh ... mmh, nein, es geht mir gut.«

»Dann mach ich mal die Bindi sauber.«

Sie geht in die Küche und Heera lotst Kay zur Vordertür.

Gleichzeitig klingelt es, als Kay die Tür von innen aufmacht. Erschrocken sieht Heera in Alistairs Gesicht und er guckt überrascht zu Kay.

»Heera, wer ist an der Tür?«

Alka kommt aus der Küche und Kay reagiert schnell und stellt sich neben Alistair.

»Ah, hallo ihr zwei, was macht ihr hier?«

Heera steht versteinert da und Kay kriegt keinen Ton heraus.

»Ich ...«, Alistair lächelt und verbessert sich.

»*Wir* wollten Heera zu ihrem Geburtstag gratulieren.« Er zeigt auf seine Geschenktüte.

»Das ist aber lieb von euch. Ich mach uns mal einen Tee.« Alka huscht in die Küche.

Die drei stehen immer noch im Eingangsbereich, als ein Auto vor der Auffahrt anhält. Pia kommt mit einer Schachtel auf sie zu.

»Hey, das ist aber jetzt freaky. Wolltet ihr auch Heera zum Geburtstag gratulieren?«, sagt sie und drückt sich an den zwei Männern vorbei. »Ich hab eine Torte mitgebracht.« Sie umarmt Heera und geht ins Wohnzimmer.

Grinsend geht Alistair hinter Pia her. Kay nimmt Heeras Arm und führt sie ins Wohnzimmer, wo Alka mit dem Tee kommt und Pia begrüßt.

»Heera, du siehst etwas blass aus, geht es dir gut?«, fragt Pia.

»Kommt wahrscheinlich vom ständigen Treppenhochlaufen«, mischt sich Alistair ein.

Heera wirft ihm einen bösen Blick zu, sagt aber sanft zu Pia:

»Es geht mir gut, danke.«

»So ein Training am frühen Vormittag bringt den Kreislauf in Schwung und macht einen blass, wenn es unterbrochen wird«, fügt er noch hinzu.

Kay schmunzelt, doch bevor Heera etwas erwidern will, kommt Clark durch die offene Haustür gestürmt.

»Ich hab gehört, hier wird Geburtstag gefeiert. Ich hab noch nie Geburtstag gefeiert.«

»Das ist doch keine Geburtstagsfeier.«

Sona steht hinter ihm und sieht die vielen Menschen in ihrem Wohnzimmer.

Heera steht auf und begrüßt ihre Tochter. »Das ist eine spontane Feier.«

»Ich dachte, man braucht eine Torte, die habe ich mitgebracht«, rechtfertigt sich Pia.

»Man braucht Ballons, Konfetti und wo sind die Kerzen?« Sona kommt ins Fahrt.

»Sona, es reicht doch, wenn gute Freunde und ... Alistair dabei sind.«

Sie wirft ihm einen vielsagenden Blick zu und er lächelt nur.

»Wir brauchen Ballons, Kerzen und was noch?« Pia steht auf. »Sona, komm mal mit. Du sagst mir jetzt, was wir alles brauchen.«

In zwanzig Minuten kommt Vjai mit Geburtstagsdeko, Kerzen und Ballons an.

Clark holt noch zusätzliche Getränke, aber vorher muss er Kay berichten, wer im Überwachungsraum sitzt.

»Mein Vater«, sagt er und zischt davon, bevor Kay etwas sagen kann.

Im Handumdrehen hat Alka Finger-Foods hergezaubert und die ganze Feier wird in den Garten verlegt.

Musik kommt vom Hausinneren, die Frühlings-
sonne ist noch da und die Stimmung ist aus-
gelassen. Sona ist im Mittelpunkt, da sie das alles
organisiert hat.

»Jetzt geben wir ihr die Geschenke«, bestimmt
Sona und gibt ihr ihres zuerst.

»Vielen lieben Dank, mein Jaan.« Sie nennt sie
Jaan, was so viel wie Leben heißt.

Heera holt einen Becher und ihre Lieblings-
schokolade aus der Geschenktüte heraus.

»Ich wusste nix von Geschenken, aber ich
schenk dir meinen USB-Stick«, sagt Clark.

»Du musst mir nix schenken.«

»Er hat hundertachtundzwanzig Gigabyte, ist
noch nicht mal auf dem Markt.«

»Ok. Dankeschön.«

Sie will ihn nicht kränken, daher nimmt sie es
und drückt ihn. Schüchtern zieht er seine überdimensionale Brille hoch.

»Jetzt mach meins auf.«

Skeptisch nimmt sie Alistairs Geschenktüte
und ruft überrascht:

»Oh mein Gott, vielen Dank.« Heera erkennt
sofort ihr Lieblingsbuch. »Es ist auf Deutsch.«
Vor Begeisterung blättert sie darin.

»Kriege ich keine Umarmung?«, fragt Alistair
grinsend und wirft einen Blick zu Kay. Doch sie
ist so glücklich, dass sie ihn flüchtig umarmt,
aber er hält sie sanft noch fest. Kay will ein-

greifen, als sein Handy klingelt. Nach dem Anruf sagt er in die Runde:

»Clark und ich müssen los.«

Sona und Clark seufzen gleichzeitig. Sona hat Spaß daran, einen jungen Mann, der über eins achtzig ist, herumzukommandieren, und er findet es amüsant.

»Soll ich euch noch etwas zum Essen einpacken?«, fragt Alka fürsorglich.

»Was wolltest du Heera schenken?«, fragt Pia Kay.

»Ähm, ich …« Er steht unschlüssig da und alle sehen ihn an.

Heera stellt sich zu ihm und sagt: »Er hat mir heute Morgen diese Kette geschenkt.« Sie zeigt auf ihren Hals.

»Sehr hübsch.« Alka steht vor ihnen und gibt Kay das verpackte Essen.

Er legt einen Arm um ihre Taille und strahlt über beide Ohren.

Nachdem Kay und Clark gegangen sind, verabschieden sich auch Vjai und Pia.

Sona macht sich bettfertig und Alistair und Alka räumen auf.

Heera gibt Sona einen Gute-Nacht-Kuss und räumt dann mit auf.

Die Lichter werden gedimmt und das Haus kommt zur Ruhe.

Alka legt sich in den Sessel und döst ein.

Alistair steht vor Heera und sieht sie ernst an.

»Warum müssen alle meine Anstandsdamen einschlafen?«, spielt sie die Frustrierte.

»Mir passiert nix, mein Ruf ist schon ruiniert.« Er packt sie am Handgelenk. »Komm, erzähl mal, hast du ihm gesagt, dass du ihn liebst?« Er zieht sie auf die Couch.

»Also ein paar grundlegende Regeln solltest du kennen.« Sie befreit ihren Arm. »Vor, während und nach dem Beischlaf sollte man nicht sagen, dass man sich liebt, zumindest nicht das erste Mal.«

»Ach wie niedlich, Beischlaf.« Er tätschelt ihren Kopf. »Sag mal Sex.«

Erschrocken wehrt sie seine Hand ab und schielt zu Alka, die laut atmend schläft.

»Er mag dich wirklich«, sagt er aufrichtig.

»Ich hatte meine Bedenken.«

»Das ist meine Schuld. Ich hab dir dieses Gefühl gegeben.«

Er legt seine Hand auf ihren Arm. Sie legt ihre andere Hand darauf.

»Es gibt keine Schuld ... es ist, wie es ist. Ich seh ihr ähnlich und das ist eine Tatsache.«

»Aber er vergleicht dich nicht mit ihr, davon bin ich überzeugt.«

»Manchmal bist du wie ein kleiner Junge und dann so ernst.«

»Ja, so bin ich. So, jetzt bringe ich Alka nach Hause.«

»Danke, und Alistair? Auch danke für das Buch.« Liebevoll umarmt sie ihn. »Das war wirklich ein sehr schönes Geschenk.«

»Dachte ich auch, bis ich die Kette sah.« Er hebt sie leicht hoch. »Ich hoffe, du wirst glücklich.«

»Du wirst auch die Richtige finden, die dich glücklich macht.« Genervt befreit sie sich von ihm.

»Ach, lass mal, ich bin glücklich.« Sanft schüttelt er Alka an der Schulter. »Komm, ich bring dich nach Hause.«

»Gott segne dich, mein Junge.«

»Es ist bekannt, dass die Frauen mich so nennen ... ich kann mich also selbst segnen.«

Heera schüttelt nur ihren Kopf, dabei verkneift sie sich ihr Lächeln.

Als Heera wieder in ihr Schlafzimmer kommt, hört sie ihr Handy klingeln. Es liegt immer noch auf dem Boden, wo sie es fallen ließ ... Bei der Erinnerung wird sie leicht rot.

»Hallo!«

»*Hi, kannst du reden? Sind die noch da?*«, fragt Kay am anderen Ende der Leitung.

»Gerade hat Alistair Alka nach Hause gefahren.«

»*Ah gut. Alka war noch da.*«

»Du klingst eifersüchtig.«

»*Nee. Ich kenn doch Alistair … ja, etwas*«, gibt er schließlich zu.

Sie kann fühlen, dass er auch lächelt.

»*Er durfte mehr Zeit mit dir verbringen.*«

Sie hört, wie er Papier sortiert.

»Kay?«

»*Hmm!*«

»Ich liege im Bett und es riecht nach dir.«

Das Rascheln hört auf.

»*Hast du die Daten?*«, fragt Roy im Hintergrund.

»*Ich wollte sie gerade sortieren*«, äußert Kay hektisch und Heera kichert in den Hörer hinein.

»Ich lass dich weiterarbeiten, du hast bestimmt noch viel zu tun, da du heute Morgen geschwänzt hast.«

»*Es hat sich gelohnt.*«

Sie lacht.

»*Ich rufe dich dann morgen an. Schlaf schön!*«

»Gute Nacht.«

Am nächsten Tag ruft Kay an und verabredet sich für ein offizielles Date. Sie gehen essen und dann bringt er sie nach Hause.

Unter den Adleraugen von Alka gibt er ihr einen Kuss auf die Wange. Das ist wohl zu verkraften, da sie vorher im Auto herumgeknutscht haben.

Ein paar Tage später überrascht er sie bei der Arbeit.

»Ich hab Sandwiches mitgebracht.« Er zeigt auf einen Picknickkorb.

Hinter der Praxis auf der Wiese essen sie ihren Mittagssnack.

»Wir haben ein Kino, ein Planetarium und ein Opernhaus. Wenn man es Haus nennen kann«, erzählt er, dass es auf der Insel nicht so viele Möglichkeiten gibt, um auszugehen. »Meistens werden dort Theaterstücke von unseren Hobby-Schauspielern aufgeführt.«

»Wir können doch etwas zusammen kochen«, bietet Heera eine Alternative an.

»Klingt nach einem Sex-Date.«

Lachend boxt sie ihn gegen die Schulter.

»Laufen im Kino auch gescheite Filme?«, fragt sie, um nicht auf seine Bemerkung einzugehen.

»Hier leben überwiegend ehemalige Agenten, Agenten und zukünftige Agenten. Ihr Leben ist wie ein Actionfilm, das wollen die dann nicht noch auf einer Leinwand sehen.«

»Ich war ja selber auch schon drin«, schmunzelt sie.

»Aber bestimmt kann Clark uns einen schönen Film herunterladen und wir gucken ihn bei mir.«

»Klingt nach einem Sex-Date.«

»Na, endlich hast du es kapiert.« Er rollt sich auf sie. »Ich sag doch, du begreifst schnell.«

Seine Lippen sind nah an ihren, darauf sagt sie: »Hunderte Agenten-Augen gucken uns jetzt an.«

»Na, so viele sind es nicht.«

»Ich küss dich nicht unter Beobachtung«, flüstert sie und schiebt ihn leicht von sich.

»Du siehst die ja nicht.«

»Aber sie mich.«

»Sie haben sonst kein Entertainment«, scherzt er, dennoch setzt er sie und sich lachend hin und streichelt ihr die Haare aus dem Gesicht. »Ich sollte erst gar nicht anfangen, denn ich weiß nicht, ob ich dann aufhören kann.«

Sie atmet hörbar ein, daraufhin küsst er sie. Als er sie enger an sich zieht und seine Hand unter ihr Shirt schiebt, klingelt sein Handy. Aus Reflex drückt er auf Lautsprecher.

»Was?«, fragt er genervt.

»*Meine Drohne, die ich über die Insel geschickt habe, wird in zehn Minuten über euch sein*«, sagt Clark aus dem Handy.

»Woher ...«, fragt Heera, und Kay deutet auf das Haus.

»*An dem Haus ist eine Überwachungskamera*«, bestätigt Clark.

»Kannst du diese Überwachung nicht ausschalten?«, fragt Kay frustriert.

»*Könnte ich machen. Aber dann hättet ihr fünf Minuten, bis der Alarm losgeht, weil die Kamera ausgeschaltet ist.*«

»Ich schaff es in drei.«

Lächelnd schubst Heera Kay von sich und schüttelt den Kopf.

»*Wirklich?*«, fragt Clark ungläubig.

»Natürlich nicht.« Heera legt auf.

Kay steht auf und zieht sie auf die Füße.

»Geh jetzt arbeiten und lass mich auch arbeiten«, kichert sie.

Er lässt ihre Hand nicht los, daher kommt sie ganz nah an seine Wange und haucht in sein Ohr:

»Heute Abend Film gucken bei dir.«

Damit hat er nicht gerechnet, daher lässt er ihre Hand los und sie rennt weg. Lächelnd steht er noch da und guckt ihr hinterher.

Harmonische Tage folgen.

An dem Todestag von Mac will Heera zum Grab gehen und Kay begleitet sie.

Es ist ein schöner Sommertag und Kay hält die Hand von Heera. Sobald sie in der Nähe vom Grab sind, sehen sie Alistair davorstehen.

Unschlüssig bleiben sie auf Abstand stehen, doch dann geht Heera zu ihm und stellt sich hinter ihn.

Alistair atmet tief ein und sie legt ihm eine Hand auf die Schulter.

»Sieh es nicht als Verlust oder Fehler. Sieh, was du daraus gelernt hast und als Erfahrung.«

Er legt seine Hand auf ihre und ohne ein Wort geht er.

In der Nacht vergießt Heera ein paar Tränen in den Armen von Kay. Mit dem Daumen wischt er es weg und sie lächelt schüchtern.

»Es ist traurig, dass Alistair seine Liebe verloren hat. Ich bin auch traurig wegen Mac.« Ihr kommen wieder die Tränen. »Und dennoch bin ich glücklich.«

»Ich weiß, was du meinst. Wir hätten uns sonst nie getroffen.«

Sie kuschelt sich an seine nackte Brust und er zieht sie enger an sich.

»Ich bin in dieser Hinsicht so verwirrt«, gibt sie zu.

»Ich hätte nie gedacht, dass ich das mal sagen würde, aber nennt man so etwas nicht Schicksal?«

Lächelnd wischt sie über ihre Wangen. Eine Weile liegen sie schweigend da, dann fragt er:

»Können wir etwas besprechen?«

»Wenn du so kommst, habe ich immer Angst, dass ich eine Mission habe.«

Liebevoll küsst er sie.

»Es geht um meine Mission.«

Heera verspannt sich leicht, dennoch fragt sie: »Wann?«

»In ein paar Tagen, aber ich habe noch nicht

zugesagt.« Er ergreift ihre Hand. »Ich wollte es erst mit dir besprechen.«

»Was besprechen?«

Sie hat einen Kloß im Hals. Aus Erfahrung weiß sie, wie gefährlich diese Missionen sein können.

»Ob du einverstanden bist, dass ich als Agent im aktiven Dienst arbeite.«

»Kay, das ist doch nicht meine Entscheidung. Das ist schließlich deine Arbeit.«

Am liebsten würde sie es verneinen, doch er ist ein Agent, der Gutes bewirkt.

»Aber jetzt sind wir Partner und entscheiden es gemeinsam.«

Sichtlich gerührt legt sie ihre Hand auf seine Schulter. »Du bist ein guter Agent, also solltest du tun, was du für richtig hältst.«

Er steht auf und zieht seinen Schlafanzug an. »Ich bin kein guter Agent.«

Heera setzt sich auf. »Warum sagst du das?«

»Wegen mir ist meine Partnerin tot und die Liebe meines Lebens wurde verletzt.«

Ohne sie anzusehen, geht er ins Bad. Heera legt sich wieder hin und lässt die Worte auf sich wirken.

Die Liebe meines Lebens.

Ein Hochgefühl packt sie, jedoch bleibt sie ernst, als er wieder ins Bett kommt.

»Du gibst dir die Schuld?«

Erst die Arbeit, dann das Vergnügen. Das Thema Agent-Sein muss erst bearbeitet werden.

»Es war meine Schuld.«

Sie setzt sich wieder hin. »Es war nicht deine Schuld. Allerdings kann ich es tausendmal sagen oder jemand anderes. Aber am Ende musst du es dir selber sagen und verstehen, dass es nicht deine Schuld war.«

Er verschränkt seine Hände hinter dem Kopf.

»Auch wenn ich am liebsten sagen würde, dass du die Mission nicht machen sollst ...«, sie legt ihre Arme auf seinen flachen Bauch und stützt ihr Kinn darauf, »musst du sie jetzt erst recht machen.«

Fragend sieht er sie an.

»Du musst wieder aufs Pferd steigen.«

Kurz denkt er über ihre Worte nach, dann packt er sie und setzt sie auf sich.

»Der Spruch erinnert mich an was anderes.«

Lachend stützt sie sich an seinen Schultern ab.

»Ich dachte, du würdest wollen, dass ich im aktiven Dienst bleibe.«

»Wieso sollte ich das? Ich hab doch gesehen, wie gefährlich es sein kann.«

»Weil du dich ja in einen Agenten verliebt hast und nicht einen einfachen Mann im Büro sitzen haben willst.«

»Ich kann mich nicht erinnern, dass ich gesagt habe, dass ich einen Spion liebe.«

Immer noch nackt sitzt sie auf ihm und hält nachdenklich ihre Finger an den Lippen. Lächelnd packt er ihre Hüften und zieht sie näher an sich.

»Ich fühl mich von dir benutzt.«

Verführerisch geht sie ganz nah an seine Lippen und haucht:

»Für einen Spion bist du echt langsam.«

Schnell packt er sie und rollt sie unter sich, dabei lässt sie einen spitzen Schrei los.

»Also ist es für dich ok, wenn ich im Büro sitze und zu Hause Zöpfe flechte?«

Ruhig legt sie ihre Hand auf seiner Wange. »Es ist für mich ok, was dich glücklich macht, aber vielleicht jetzt noch nicht.«

Leidenschaftlich küsst er sie.

08.08.2008

»Ich dachte, ich zeig dir das Planetarium von innen.« Führt Kay Heera hinein.

»Es ist ja keiner hier.«

Er hat sie von der Arbeit abgeholt und hat einen Picknickkorb dabei.

»Das habe ich so veranlasst.«

Wie bei einer Tanzaufforderung hält er ihr die Hand hin und sie legt ihre hinein. Dann nimmt er sie mit in die Mitte des Raumes. Die Lichter gehen aus.

»Sollten wir nicht sitzen?«, fragt sie leise.

»Schhh ... genieß die Show.«

Er ergreift beide ihrer Hände, dabei kreisen die Planeten um sie herum.

Heera schaut fasziniert zu. Sie hat das Gefühl, mitten im Universum zu stehen. Was auch irgendwie stimmt.

»Hier ist die Erde.« Mit dem Finger greift er in die Projektion hinein. »Jupiter und dort drüben ist Pluto.«

»Hier ist Mars. Mein Planet.« Ein roter Planet fliegt gerade an ihr vorbei.

»Heera!«

Sie schaut ihn an.

»Ich kann dir keine Sterne vom Himmel holen. Aber was ich kann ...« Er kniet sich nieder.

Heera hat gelächelt, aber jetzt verstummt sie und schaut ihn mit großen Augen an.

»Ich kann dich lieben, bis das Universum erlischt.« Nach einer kurzen Pause sagt er: »Willst du mich heiraten?«

Vor Rührung kommen ihr die Tränen und sie nickt nur.

»Vielleicht hilft dir das, die Stimme zu finden.«

Er holt einen Ring aus seiner Hosentasche und sie schüttelt ihren Kopf, darauf steckt er ihr den Ring an.

»Es sind drei Komma vier Karat, wie dein Geburtstag.«

Lächelnd wischt sie ihre Tränen weg.

»Er ist nicht ganz so groß, wie ich wollte ...«

»Er ist perfekt«, spricht sie das erste Mal.

Umschlungen stehen sie da und die Planeten wirbeln um sie herum, bis er an ihren Lippen nuschelt:

»Wir müssen jetzt gehen. Alistair weiß Bescheid, dass ich dir einen Antrag mache. Er hat eine Verlobungsparty geplant.«

Er nimmt den Korb vom Boden.

»Ach, schade um das Essen«, sagt sie und deutet auf den Picknickkorb.

»Ich hab kein Essen mitgenommen.«

Sie legt ihre Stirn in Falten und fragt: »Und wenn ich Nein gesagt hätte?«

»Das ist unmöglich.«

Zusammen lachen sie und ihr kommt eine Idee:

»Sollen wir Alistair anschwindeln? Du gehst allein und sagst ihm, dass ich Nein gesagt habe.«

»Das wird er niemals glauben und wird uns immer vorwerfen, dass wir seine Party ruiniert haben.«

An seinen Arm geschmiegt schlendern sie in den Sonnenuntergang.

10.10.2010

»Wo bleibt Kay?«, fragt Heera unter Schmerzen.

»Ich geh Alistair fragen«, sagt Marya.

»Er ist hier?«

»Ja, draußen.«

Damit geht sie hinaus und Heera erinnert sich, dass Kay auch zu seiner Hochzeitsfeier zu spät kam.

Es war eine kleine Feier mit Freunden.

Nach dem Standesamt, bei dem nur Alistair, Roy, Alka, Pia, Vjai und Sona dabei waren, sind sie alle in ein Restaurant gefahren und trafen die anderen Gäste. Sie feierten gut gelaunt bis spät in die Nacht hinein.

Heera war an dem Tag sehr glücklich. Kay war überglücklich, dennoch plagte ihn ein Gedanke: Ob Heera ihre Familie vermisste?

Nein, sie vermisste ihre Familie nicht.

Sie hatte das Gefühl, dass sie alles erreicht hat, was sie sich je erträumt hat.

Nach einiger Zeit hörte Kay mit dem aktiven Dienst auf. Ihm gingen die Worte von Mac durch den Kopf:

»*Wenn du die richtige Frau triffst, dann wird es dir leichtfallen, es aufzugeben.*«

Damit meinte sie damals den Job. Und ja, es fällt ihm leicht. Dennoch will er die IA nicht verlassen und bittet Roy um einen Posten im Ermittlungsbereich. Danach zogen sie nach Mandurah, Australien, womit Heera sehr einverstanden war.

Sie schwelgt in Erinnerungen, als Kay jetzt die Tür des Kreißsaals aufmacht und schnell zu Heera eilt. Bevor sie was sagen kann, sagt er:

»Komm, lass es uns hinter uns bringen!«

Auch wenn Heera wütend war, muss sie automatisch lächeln.

Nach dem ersten Mal wurde es ein Begleitsatz für die beiden und jeder wusste, was gemeint war.

Marya lässt die beiden allein und gesellt sich zu den anderen. Mittlerweile sind alle da: Geneviève und das junge, glückliche Paar Vjai und Pia.

Vor einem Jahr haben sie geheiratet. Die Trauung war kurz, denn beide mussten zu einer Mission. Ihr Leben ist so, und anderes wollen sie auch nicht haben.

Die Hebamme zieht ihre Handschuhe an und reibt sie mit Öl ein.

»Wenn die nächste Wehe kommt, müssen Sie so fest pressen, wie Sie können«, gibt die Hebamme Anweisungen.

Nach etlichen Versuchen kommt eine Wehe, bei der sie zweimal presst, dann legt sie sich erschöpft zurück.

Die nächste Wehe verläuft ähnlich, doch bei der dritten Wehe lässt sich das Kind leicht herauspressen.

Die Hebamme nimmt das glitschige Kind und legt es auf die Brust der Mutter.

Heera ist überglücklich und auch Kay kann sein Glück nicht fassen.

Es ist ein Mädchen.

Danksagung

Ich danke meinen Lektoren Maria und David Engels. Sie sind nicht nur meine Engel, sondern auch Musen, die mich inspiriert haben.

Die Schriftstellerin

 Kanwal Khan, geboren 1977, ist in Deutschland aufgewachsen und hat einen Migrationshintergrund. Wie sie selbst sind ihre Charaktere auch international.

@kanwalkhan222